우리말
속담풀이

편집부 편

머 리 말

말 속에 지혜가 있다는 격언이 있다. 사람은 옛부터 슬기를 모아 간추린 말 속에 그 의미를 담아왔다는 뜻이다.

우리의 옛조상들이 갈고 닦아온 말이 지혜가 얼마나 뛰어난 예언적 잠언인가는 구태여 긴 설명을 하지 않더라도 누구나 다 인지하고 있을 것이다.

〈가는 말이 고와야 오는 말도 곱다〉라든가, 〈웃는 낯에 침 못 뱉는다〉는 등의 속담을 보더라도 우리의 조상들이 얼마나 예의바른 민족이며, 말 속에 삶의 철학을 담고 살아왔는가를 잘 이해할 수가 있다.

속담은 얼핏 보면 낡은 언어인 것처럼 보이기 십상이다. 그러나 자세히 음미해보면 속담이야말로 진솔한 삶의 이야기를 가장 짧은 언어의 틀 속에 결집시켜 놓은 말의 정수라는 것을 알 수 있다.

시대가 변하고 사람들의 생활 양식이 바뀌고 언어가 변화되어도 속담은 결코 그 외양과 뜻을 바꾸지 않는다. 속담은 하루 이틀에 조생(祖生)되어 어느 한 시대에만 풍미되어질 수만은 없는 영원한 진리이기 때문이다.

우리가 이제 새삼스럽게 속담풀이를 통하여 옛 사람들의 마음을 헤아리려고 하는 까닭은 무엇인가? 그것은 바로 옛것을 돌이켜 봄으로써 새로운 삶의 패턴을 모색하고자 함이다. 속담속에 담겨진 진솔한 삶의 이야기에 귀를 기울임으로써 하늘을 우러러 한 점 부끄러움이 없는 인생을 설계하고자 함이다.

 아무쪼록 이 한 권의 속담풀이집을 통하여, 우리말 속담에 담긴 뜻을 올바로 이해하고 나아가 독자 여러분의 삶의 한 부분이 조금이라도 밝아지고 윤택해지기를 바란다.

편자 씀.

● 차 례

ㄱ

✽ 가까운 남이 먼 일가보다 낫다.
　　먼 곳에 사는 일가 친척보다 이웃에 있는 남이 이해 관계가
　　있기 때문에 더 낫다는 뜻.

✽ 가까운 무당보다 먼 곳 무당이 더 영험하다고 한다.
　　늘상 보는 것은 그다지 좋아 보이지 않고 이따금씩 보는 것
　　이 더 호기심이 생긴다는 말.

✽ 가까운 제 눈썹 못 본다.
　　먼 곳에 있는 것은 잘 보면서 눈 앞 것은 오히려 못 본다는
　　뜻.

✽ 가난과 도둑은 사촌이다.
　　가난하면 어찌할 수 없이 도둑질도 하게 된다는 말.

✽ 가난뱅이 조상 안 둔 부자 없고 부자 조상 안 둔 가난뱅
이 없다.
　　가난한 사람도 부자 될 때가 있고 부자일지라도 가난해질
　　때가 있다는 말.

✽ 가난이 도둑이다.

　　가난하여 먹을 것이 없으면 어찌할 수 없이 도둑질도 하게
　　된다는 뜻.

✽ 가난하면 마음에 도둑이 든다.

　　가난하면 나쁜 생각을 가지게 된다는 뜻.

✽ 가난하면 일가도 없다.

　　집안이 어려우면 일가친척도 왕래가 없다는 뜻.

✽ 가난하면 찾아오는 벗도 없다.

　　집안이 어려우면 벗에게 찾아가지도 않으니 찾아올 벗도
　　없다는 말.

✽ 가난하면 친척도 멀어진다.

　　일가 친척 사이에도 경제적으로 차이가 있으면 사이가 멀
　　어진다는 말.

✽ 가난한 상주 방갓 대가리 같다.

　　가난한 사람의 자세가 매우 엉성하고 우습게 보인다는 뜻.

✽ 가난할 수록 기와집 짓는다.

　　형편이 어려운 사람일수록 남에게 업신여김을 당할까봐 부
　　자인 것처럼 보이려고 쓸데없이 허세를 부린다는 말.

✽ 가난해도 빚만 없으면 산다.

　　빚만 없으면 아무리 가난해도 마음이 편안하다는 뜻.

✽ 가는 곳마다 뼈 묻을 산은 있다.

　　떠돌아다니다 죽더라도 묻힐 곳이 있듯이 어디를 가나 사
　　람 사는 곳에는 인정이 있다는 뜻.

✽ 가는 말이 고와야 오는 말도 곱다.

　　내가 남에게 듣기 좋은 말을 하면 상대방도 나에게 고운말
　　을 한다는 뜻.

✽ 가는 방망이에 오는 홍두깨다.

남을 해치려고 하다가 도리어 큰 손해를 받게 된다는 말.

✳ 가는 사람 쫓지 말고 오는 사람 막지 말라.

가는 사람은 억지로 붙들지 말아야 하며 오는 사람은 반갑
게 받아들이라는 뜻.

✳ 가는 세월 오는 백발.

세월이 흐르면 인간은 자연 늙어진다는 말.

✳ 가는 정이 있어야 오는 정도 있다.

내가 정을 주면 상대방도 나에게 인정을 베푼다는 뜻.

✳ 가다 말면 안 가는 것만 못하다.

일을 하다가 중도에서 그만두려면 차라리 처음부터 시작
않는 편이 낫다는 말.

✳ 가던 날이 장날이다.

뜻밖에 잘 얻어먹었을 때를 두고 하는 말.

✳ 가랑잎이 솔잎보고 바스락거린다고 한다.

자기 잘못이 더 큰 줄 모르고 괜히 남의 허물을 들추어 낸
다는 뜻.

✳ 가려운 것이 아픈 것보다 참기 어렵다.

아픈 것은 잠깐동안이지만 가려운 것은 오래 지속되기 때
문에 아픈 것보다 가려운 쪽이 고통이 더 심하다는 뜻.

✳ 가려운 데를 긁는다.

남의 사정을 잘 알아준다는 말.

✳ 가루는 칠수록 고와지고 말은 할수록 거칠어진다.

가루는 체로 칠수록 더 고와지고 말은 많이 할수록 거칠어
지므로 말조심하라는 뜻.

✳ 가르침은 배움의 반이다.

가르치려면 자신도 노력을 하여야 함으로 배우는 사람의
절반 정도는 공부가 된다는 뜻.

✽ 가마솥 콩도 삶아야 먹는다.
　　완성 단계에 이른 일이라 할지라도 끝 마무리를 잘 해야 성
　　과를 얻을 수 있다는 말.

✽ 가마 타고 시집 가기는 다 틀렸다.
　　일을 제 격식에 맞게 진행하기는 이미 틀렸다는 뜻.

✽ 가만히 있으면 무식이나 면한다.
　　모르면서도 아는 척하다가는 언젠가 탄로가 나 무식하다는
　　말을 듣게 되므로 모르면 그저 잠자코나 있으라는 뜻.

✽ 가면 갈수록 첩첩 산중이다.
　　인생살이는 살아갈수록 더욱 힘들어진다는 뜻.

✽ 가물 때는 배를 사두고 장마 때는 수레를 사둬야 한다.
　　무엇이든 제 철이 아니어서 물건 값이 쌀 때 사두어야 돈이
　　남게 된다는 말.

✽ 가뭄 끝은 있어도 장마 끝은 없다.
　　장마 뒤에 오는 손실이 가뭄 때의 손실보다 훨씬 크다는 뜻.

✽ 가뭄에 콩 나듯 한다.
　　가뭄 때에는 콩이 드문드문 나듯이 무슨 일을 애가 타게 띄
　　엄띄엄 할 때 쓰는 말.

✽ 가벼운 백지장도 맞들면 낫다.
　　쉬운 일일지라도 서로 협력하면 훨씬 수월해진다는 뜻.

✽ 가볍고 무거운 것은 저울로 달아 봐야 한다.
　　무슨 일이든 직접 부딪쳐 보아야 정확한 것을 알 수 있다는
　　말.

✽ 가슴에 못을 박는다.
　　가슴에 못을 박는 것처럼 충격이 몹시 크다는 뜻.

✽ 가시 방석에 앉은 것 같다.
　　자신이 처해 있는 위치가 매우 불안하다는 말.

❇ 가을 곡식을 아껴야 봄 양식이 된다.

풍족할 때 낭비하지 말고 아껴 두어야 어려울 때 긴요하게 쓸 수 있다는 뜻.

❇ 가을 날씨와 사람의 마음은 모른다.

잘 변화하는 가을 날씨처럼 사람의 마음도 주어진 환경에 따라 쉽게 변한다는 뜻.

❇ 가을 무우 껍질이 두꺼우면 겨울이 춥다.

가을에 무우 껍질의 두께로 다가오는 겨울의 추위를 예견한다는 말.

❇ 가을 밭에 가는 것은 가난한 친정에 가는 것보다 낫다.

가을의 밭은 오곡백과과 풍성하므로 가난한 친정에 가는 것보다 가을의 밭으로 가는 것이 먹을 것이 더 많다는 뜻.

❇ 가을 아욱국은 계집 내쫓고 먹는다.

가을 아욱국은 가장 가까운 아내에게 조차도 주지 않고 먹을 정도로 맛이 으뜸이라는 뜻.

❇ 가을 상치는 문 걸어 잠그고 먹는다.

가을이 되면 상치가 그리 흔하지 않고 귀하며, 또한 맛이 더욱 좋다는 데서 비롯된 말.

❇ 가을 일은 미련한 놈이 잘한다.

가을에는 수확을 해야 하기 때문에 다른 어느 계절보다도 할일이 많은 때이다. 그러므로 꾀를 부리면서 일을 하는 사람보다는 다소 미련한 듯이 일에만 열중하는 사람이 더욱 많은 일을 할 수 있다는 말.

❇ 가재는 게 편이다.

비슷하게 생긴 것끼리는 같은 편이 된다는 말.

❇ 가지가 줄기보다 크면 반드시 찢어지게 마련이다.

근본적인 문제보다 지엽적인 문제가 더 커지면 반드시 일

14

을 그르치게 된다는 뜻.

✽ 가지 많은 나무가 바람 잘 날 없다.
자식을 많이 둔 부모는 이것저것 속이 상하는 일이 많이 생긴다는 말.

✽ 가진 놈이 더 가지려고 한다.
재산이 있는 사람이 더 많은 재산을 모으려고 욕심부린다는 뜻.

✽ 가진 놈이 더 무섭다.
재물이 많은 사람일수록 더 인색하다는 뜻.

✽ 가자니 태산이요 돌아서자니 숭산이라.
어떠한 일의 형편이 진퇴양난의 지경에 빠졌다는 말. 앞으로 나아가려고 하니 앞에는 태산이 가로막아 서 있으니 앞이 막막하고, 다시 돌아서서 뒤돌아 가려고 하니 뒷쪽에는 숭산이 험악하게 버티고 서 있으니 뒤돌아 가는 것도 결코 쉽지만은 않을 것이라, 아무리 생각해도 해결방안이 떠오르지 않는다는 말.

✽ 각인 각색이다.
사람들은 모두 저마다 다른 점, 즉 개성이 있다는 뜻.

✽ 간담이 서늘하다.
온 몸이 오싹할 정도로 무시무시하다는 말.

✽ 간도 쓸개도 없다.
자기 자신의 줏대가 없이 이리 붙었다 저리 붙었다 하는 사람을 두고 하는 말.

✽ 간사한 아내는 온 가족의 화목을 깨뜨린다.
여자가 간사스러우면 집안의 분위기가 흐트러진다는 말.

✽ 간수 십 년에 징역이 오 년이다.
형무소 간수직을 십 년 동안 하게 되면, 그 중 오 년은 감

옥에서 생활하게 된다는 말.

❋ **간신이 겉으로는 충신인 체한다.**

　간신은 매우 교활하여 겉으로는 더욱 임금을 위하는 충신
인 척한다는 뜻.

❋ **간에 가 붙고 염통에 가 붙는다.**

　자기 자신에게 이익만 되면 인품이고 체면이고 살피지 않
고 아무 쪽에나 가서 붙는다는 뜻.

❋ **간에 붙었다 쓸개에 붙었다 한다.**

　제 나름대로의 줏대가 없이 이익에 따라 아무에게나 아부
한다는 뜻.

❋ **간이 콩알만하다.**

　간이 오그라들 정도도 두렵다는 말.

❋ **갇힌 새가 옛날 놀던 숲을 그리워한다.**

　자유를 잃어버린 사람이 자유로왔던 시절을 그리워한다는
말.

❋ **갈수록 태산이다.**

　일이 점점 꼬여드는 것을 말함.

❋ **갈치가 뛰니까 망둥이도 뛴다.**

　주관이 없이 남이 하니까 영문도 모르는 채 따라 한다는 말.

❋ **감기는 먹어야 낫는다.**

　감기에 걸렸을 때는 잘 먹고 기운을 내면 낫는다는 말.

❋ **감나무 밑에 누워도 삿갓 미사리를 대야 한다.**

　주위의 환경이 아무리 좋아도 목적을 위하여 노력을 해야
뜻한 바를 이룰 수 있다는 말.

❋ **감나무 밑에 누워서 감 떨어지기를 바란다.**

　노력은 기울이지 않고 저절로 행운이 굴러 들어오길 바란
다는 말.

✻ 감 내라면 감 내고 배 내라면 배 낸다.

　시키는 대로 잘 따른다는 말.

✻ 감사(監司) 덕분에 비장(裨將)이 호사한다.

　보잘것없는 사람이 배경 덕분에 호강한다는 말.

✻ 감사면 다 평안감사고 현감이면 다 과천현감이라더냐.

　감사 중에는 평안감사가 으뜸이었고 현감 중에는 과천현감
　이 으뜸이었던 데서 비롯된 말로 좋은 자리라고 해서 다 좋
　은 자리는 아니라는 말.

✻ 감씨에서 고욤나무 난다.

　훌륭한 부모 밑에도 못난 아들이 있다는 말.

✻ 감옥살이에도 웃을 날이 있다.

　고생스런 가운데서도 즐거운 일이 있다는 말.

✻ 감투가 커도 귀가 짐작.

　제아무리 큰 사물이라 하더라도 그 내용을 짐작할 수 있다
　는 뜻.

✻ 갑작 사랑은 영 이별이다.

　쉽게 불붙은 사랑은 쉽게 헤어진다는 말.

✻ 값도 모르고 비싸다고 한다.

　아무 내용도 모르면서 간섭한다는 말.

✻ 값싼 것이 비지떡이다.

　무슨 물건이든 값이 싼 것은 질이 나쁜 것이 많다는 말.

✻ 값진 진주도 진흙 조개에서 나온다.

　비천한 집안에서도 훌륭한 사람이 나온다는 말.

✻ 갓마흔에 첫보살이다.

　오랜 세월 동안 바라고 원하던 일이 마침내 이루어졌을 때
　쓰는 말.

✻ 갓 사러 갔다가 망건 산다.

처음 생각을 변경하였다는 말.

✽ 강 건너 불 구경이다.

　　자기와는 아무런 상관이 없어 걱정할 것이 없다는 말.

✽ 강물도 쓰면 준다.

　　아무리 많은 재물도 계속 쓰면 줄어든다는 말.

✽ 강물도 아껴 쓰면 용왕이 기뻐한다.

　　흔한 물건이라 하더라도 아껴써야 한다는 말.

✽ 강아지는 방에서 키워도 개가 된다.

　　아무리 좋은 환경에서 키워도 본질적인 것은 변화시킬 수
　가 없다는 말.

✽ 강아지 똥은 똥이 아닌가?

　　양적으로는 적은 것이라도 질적으로는 일반이라는 말.

✽ 강이 아니면 건너지 말고 산이 아니면 넘지를 말랬다.

　　상황을 잘 파악한 후에 정당한 일이라는 판단이 서면 행하
　라는 말.

✽ 갖바치 내일 모래.

　　이미 약속한 날짜를 자꾸만 다음으로 미루는 사람을 지칭
　하여 하는 말.

✽ 같은 값이면 과부 집 돼지를 사랬다.

　　동일한 조건이면 유리한 쪽을 선택하라는 말.

✽ 같은 값이면 다홍치마다.

　　값이 같으면 그 중에서도 좀더 뛰어난 것을 고르라는 말.

✽ 같은 떡도 남의 것이 더 커보인다.

　　같은 것이라도 남이 가진 것이 더 좋아 보인다는 말.

✽ 같은 말이라도 '아' 다르고 '어' 다르다.

　　같은 말이라도 어감에 따라 달리 해석될 수가 있으니 조심
　하라는 말.

✽ 같은 배에 탄 사람끼리는 서로 돕는다.

　같은 처지에 놓인 사람들끼리는 서로 돕게 된다는 말.

✽ 같이 다니는 거지는 동냥 못한다.

　혼자 해야 될 일을 여러 사람이 덤벼들면 일을 이루기가 힘
들다는 말.

✽ 개가 개를 낳는다.

　부모가 못났으면 자식도 못난 사람이 된다는 말.

✽ 개가 똥을 마다겠다.

　자기가 가장 즐기던 것을 싫다고 할 리가 없다는 말.

✽ 개가 앞으로 가면 꼬리는 뒤로 가게 마련이다.

　두말할 필요도 없이 당연한 일이라는 말.

✽ 개같이 벌어서 정승같이 살랬다.

　직업의 귀천을 가리지 않고 열심히 벌어서 보람되게 살라
는 말.

✽ 개구리가 울면 비가 온다.

　개구리 울음 소리를 듣고 비가 올 것을 미리 점친다는 말.

✽ 개구리 주저앉은 뜻은 멀리 뛰자는 뜻.

　열 걸음 앞으로 나아가기 위해 한 걸음 뒤로 후퇴한다는 말
과도 뜻이 상통하는 속담이다. 남이 보기에는 마치 좌절하
여 제 자리에 주저앉는 것처럼 보이지만 사실을 더 많이 앞
으로 전진하기 위한 준비를 하고 있다는 말.

✽ 개 꿈도 꿈인가.

　아무런 가치도 없는 것이라는 말.

✽ 개 눈에는 똥만 보인다.

　자기가 좋아하는 것만 생각하게 된다는 말.

✽ 개는 사람보다 몽둥이를 더 무서워한다.

　어떤 사물의 근원은 모르고 겉으로 드러난 것만 안다는 말.

✽ 개도 기르면 은혜를 안다.
　개도 길러 준 은혜를 아는데 하물며 사람이 되어 가지고 은혜를 몰라서는 말도 안된다는 말.

✽ 개도 나갈 구멍을 보고 쫓으랬다.
　개도 도망갈 여지를 주지 않고 쫓으면 달려들어 덤비듯이 사람도 빠져나갈 길이 없는 궁지로 몰아 넣게 되면 도리어 피해를 입게 된다는 말.

✽ 개도 뒤본 자리는 덮는다.
　자기가 버린 것은 스스로 처리해야 된다는 말.

✽ 개도 먹을 때는 안 때린다.
　아무리 잘못한 일이 있더라도 음식먹을 때는 사람을 때려서는 안 된다는 뜻.

✽ 개도 얻어맞은 골목에는 가지 않는다.
　실패를 되풀이하지 않도록 항상 조심해야 한다는 말.

✽ 개도 제 주인은 물지 않는다.
　은혜를 입은 사람에게는 그에게 잘못이 있다 하더라도 해쳐서는 안된다는 말.

✽ 개떡같다.
　아주 형편없이 나쁜 것을 나타낼 때 쓰는 말.

✽ 개똥도 약에 쓸려면 귀하다.
　평소에는 흔하던 물건도 막상 필요해서 구하려고 하면 귀하다는 말.

✽ 개를 친하면 똥칠만 한다.
　나쁜 사람과 가까이 하면 망신만 하게 된다는 말.

✽ 개미에게 불알 물렸다.
　아주 작고 하찮은 것에게 불의의 피해를 당했다는 말.

✽ 개미가 작아도 탑을 쌓는다.

작은 것도 꾸준히 모으면 큰 것을 이룰 수 있다는 말.

✽ 개미 쳇바퀴 돌듯 한다.

매일 같은 일을 반복한다는 말.

✽ 개미 허리다.

매우 가늘고 연약한 허리를 두고 하는 말.

✽ 개살구가 먼저 익는다.

나쁜 것이 좋은 것보다 더 빨리 발전된다는 말.

✽ 개성 사람은 벗겨 놓아도 하루아침에 사십 리 간다.

개성 사람들이 대체로 생활력이 강한 데서 나온 말.

✽ 개 장수도 올가미가 있어야 한다.

무엇이든 밑천이 있어야 일을 할 수 있다는 말.

✽ 개 주자니 아깝고 저 먹자니 싫다.

남에게 베풀 줄 모르고 그저 인색하기만 한 사람을 두고 하
는 말.

✽ 개죽음이다.

가치없는 죽음을 두고 하는 말.

✽ 개천에 나도 저 날 탓이다.

비록 비천한 집에서 태어나더라도 제 하기에 따라서 훌륭
한 사람도 될 수 있다는 말.

✽ 개천에 내다 버릴 종 없다.

아무리 못난 사람이라도 어딘가는 쓸모가 있다는 말.

✽ 재털이다.

아무 데도 쓰일 데가 없는 쓸모없는 존재라는 말.

✽ 개판이다.

일이 난장판이 되었다는 말.

✽ 개 팔자가 상팔자다.

태평스럽게 놀고 먹는 개가 가장 좋은 팔자란 뜻으로 바빠

서 몹시 고달플 때 쓰는 말.

✿ 객지 생활 삼 년에 골이 빈다.

　자기가 살던 고향을 떠나 타향에서 생활하게 되면 아무리 좋은 대접을 받는다 해도 고향에서 사는 것보다는 더 고생이 되기 마련이라는 뜻.

✿ 객지 밥을 먹어 봐야 제 집 좋은 줄을 안다.

　객지에서 고생살이를 해본 사람이라야 고향의 자기 집이 가장 편안한 줄을 안다는 말.

✿ 객지 벗도 사귈 탓이다.

　객지에서 사귄 친구도 사귀기에 따라 절친한 사이가 될 수 있다는 말.

✿ 거렁뱅이도 밤이면 꿈에 부마(駙馬) 노릇도 한다.

　마음 속으로는 어떠한 생각이라도 할 수 있다는 말.

✿ 거만하고 잘난 체하는 것은 재앙을 부르는 것이다.

　겸손하지 못하고 거만하게 굴면 남의 미움을 받아 화(禍)를 입을 수 있다는 말.

✿ 거문고 인 놈이 춤을 추면 칼 쓴 놈도 춤을 춘다.

　괜히 남의 하는 양을 보고 자기는 그렇게 할 처지가 아니면서도 흉내를 내는 사람을 비꼬아 하는 말.

✿ 거미도 줄을 쳐야 벌레를 잡는다.

　모든 생명이 있는 것은 일을 해야 먹고 살 수 있다는 말.

✿ 거미줄로 목을 매겠다.

　도저히 되지도 않을 일을 가지고 소란을 피운다는 말.

✿ 거울도 뒤는 못 비춘다.

　모든 것에 다 능한 사람은 없다는 말.

✿ 거지가 밥술이나 먹게 되면 거지 밥 한 술 안준다.

　가난했던 사람이 부자가 되면 더 인색해진다는 뜻.

✳ 거지끼리 동냥 자루 찢는다.

　같은 처지에 있는 어려운 사람들끼리 사소한 이해관계로 다툰다는 말.

✳ 거지 노릇도 사흘 하면 못 버린다.

　어떤 일이든 일단 습관이 되면 버리기가 어렵다는 말.

✳ 거지 노릇은 해도 남에게 아첨은 말랬다.

　제아무리 먹고 살기가 어려운 형편에 처했다 하더라도 아첨은 하지 말라는 뜻.

✳ 거지는 고마운 줄을 모른다.

　항상 남에게 도움만 받는 사람은 고마운 줄을 모르게 된다는 말.

✳ 거지도 떼지어 다니면 얻어먹지 못한다.

　여러 사람이 가면 얻을 것도 못 얻는다는 말.

✳ 거지 오라는 데는 없어도 갈 데는 많다.

　별 소득은 없어도 할 일은 많다는 말.

✳ 거짓말은 도둑의 시초다.

　거짓말을 자꾸 하다 보면 나중에는 도둑질까지도 서슴지 않고 하게 된다는 뜻.

✳ 거짓말은 새끼를 친다.

　거짓말은 이사람 저사람 입을 통하여 점점 더 크게 전달 된다는 뜻.

✳ 거짓말장이는 거짓말과 참말이 따로 없다.

　거짓말을 잘하는 사람은 상황을 가리지 않고 거짓말을 한다는 말.

✳ 걱정은 욕심 많은 데서 생긴다.

　걱정은 주로 욕심에서 비롯되는 것이므로 욕심을 없애야 걱정도 사라질 수 있다는 말.

✸ 건강의 고마움은 앓아 봐야 한다.

　무슨 일이든 겪어 본 후에야 알게 된다는 말.

✸ 건강할 적엔 보약을 먹고 앓을 적엔 사약을 먹으랬다.

　대부분의 사람들은 병이 든 후에야 보약을 먹지만, 보약은
　건강할 때 먹어 그 건강을 유지해야 하며 일단 병이 들어
　앓게 되면 차라리 사약을 먹고 죽는 것이 더 편하다는 말.

✸ 건넛산 보고 꾸짖기.

　남의 험담을 하거나 잘못을 꾸짖어 말할 때 당사자에게는
　말하지 않고 간접적으로 다른 사람에게 한다는 말.

✸ 건더기 먹는 놈 따로 있고 국물 먹는 놈 따로 있다.

　세상에는 잘사는 사람과 못사는 사람이 있다는 말.

✸ 걷기도 전에 뛰기부터 배운다.

　쉬운 것도 아직 못하는 처지에 어려운 것을 하려고 든다는
　말.

✸ 검거든 얽지나 말거나 얽었거든 검지나 말아야지.

　한 군데도 쓸 만한 구석이 없다는 말.

✸ 검소한 사람은 가난해도 여유가 있다.

　가난한 살림이라도 절약하게 되면 여유가 생기게 된다는
　뜻.

✸ 검은 것은 글씨요 흰 것은 종이다.

　글자를 모르는 무식한 사람이라는 말.

✸ 검은 닭도 흰 알을 낳는다.

　악명 높은 사람의 자식도 착한 사람이 될 수 있다는 말.

✸ 검은 머리 가진 짐승은 구제를 말랬다.

　남의 은혜을 입고도 갚지 않는 사람을 두고 하는 말.

✸ 겁 많은 개가 큰 소리로 짖는다.

　겁이 많은 사람일수록 오히려 큰소리 친다는 뜻.

✽ 겉 다르고 속 다르다.

겉과 속이 서로 일치하지 않고 다른 사람을 가리켜 하는 뜻.

✽ 겉보리 서 말만 있어도 처가살이 할 놈 없다.

입에 풀칠만 할 수 있으면 처가살이는 하지 않는 것이 오히려 낫다는 뜻.

✽ 겉으로는 남고 속으로는 밑진다.

겉으로는 돈을 버는 것 같지만 사실상은 손해만 본다는 말.

✽ 겉으로는 웃으면서 똥구멍으로는 호박씨 깐다.

겉과 속이 다른 이중 성격자를 가리키는 말.

✽ 겉은 부처고 속은 마귀다.

겉으로는 착한 척하지만 실제로는 마음씨가 악한 사람을 두고 하는 말.

✽ 게걸음은 바로잡지 못한다.

천성적으로 타고난 버릇은 고치기가 어렵다는 말.

✽ 게는 옆으로 기어도 갈 데는 다 간다.

어떤 방법으로든 목적지에 도달하면 된다는 뜻.

✽ 게도 저 숨을 구멍은 있고 가재도 저 숨을 바위는 있다.

하찮은 존재라도 다 제 집이 있다는 말.

✽ 게으르고 편안하려고만 하면 반드시 위험하게 된다.

부지런하지 못하고 게으른 사람은 반드시 망하게 된다는 뜻.

✽ 게으른 년 섣달 그믐날 빨래한다.

게으른 사람은 일을 뒤로 미루기만 하다가 막바지에 가서야 어쩔 수 없이 한다는 말.

✽ 게으른 년은 삼가래만 세고 게으른 놈은 밭 고랑만 센다.

게으른 사람은 부지런히 일을 해서 어서 끝낼 생각은 않고 남은 일만 센다는 말.

✽ 게으른 년이 아이 핑계대고 낮잠만 잔다.
    게으른 사람은 이 핑계 저 핑계 대며 밤낮 논다는 말.

✽ 게으른 놈이 먹는 데는 귀신이다.
    일은 하지 않는 사람이 먹는 것은 뒤지지 않는다는 말.

✽ 게으른 놈치고 일 못한다는 놈 없다.
    일은 하지 않는 주제에 일 잘한다고 큰소리만 친다는 말.

✽ 게으른 선비 책장 넘기기.
    자기 자신이 하고 있는 일의 본질적인 것에는 생각이 없이 오로지 일의 양적인 것에만 신경을 쓰는 게으른 사람을 가리켜 하는 말.

✽ 게으른 자식은 낳지도 말랬다.
    게으른 사람은 아무 짝에도 쓸데가 없다는 말.

✽ 게으름뱅이가 언덕 진다.
    게으른 사람은 아무곳에서나 눕기를 좋아한다는 말.

✽ 겨 먹은 개는 들켜도 쌀 먹은 개는 안 들킨다.
    사소한 잘못을 저지른 사람은 들켜도 큰 잘못을 저지른 사람은 오히려 안 들킨다는 말.

✽ 겨 묻은 개가 똥 묻은 개를 나무란다.
    자신의 큰 잘못은 모르고 남의 사소한 잘못은 크게 꾸짖는다는 뜻.

✽ 겨우 여우를 피했더니 다시 범을 만난다.
    위험의 고비를 겨우 면했더니 더 큰 위험이 닥쳤다는 말.

✽ 겨울 날씨와 늙은이 근력 좋은 것은 모른다.
    겨울 날씨와 노인의 건강은 변하기 쉽다는 뜻으로서 아무리 건강이 좋은 노인이라도 언제 죽을지 모른다는 말.

✽ 겨울이 돼야 송백의 절개를 알게 된다.
    역경에 처해 본 뒤라야 그 사람의 굳은 의지를 알 수 있다

는 말.

✽ **겨울이 지나지 않고 봄이 오랴.**

모든 일에는 순서가 있다는 말.

✽ **격강(隔江)이 천 리다.**

강 하나 사이지만 천 리나 되는 것처럼 만나기 힘들다는 말.

✽ **견물생심.**

물건을 실제로 보고 나면 갖고 싶은 욕심이 생긴다는 말.

✽ **결혼은 연분이 있어야 한다.**

결혼은 서로 인연이 닿아야 이루어지지 억지로는 이루어지
지 않는다는 말.

✽ **겸손도 지나치면 믿지 못한다.**

지나친 겸손은 위선과 같아 믿을 것이 못된다 말.

✽ **경우가 무경우다.**

일을 순리대로 하지 않고 경우 없는 행동을 한다는 말.

✽ **경자년 가을 보리 되듯 했다.**

경자년 가을 보리는 제대로 익지 못한다는 데서 생긴 속담
으로 어딘가 좀 모자란 데가 있는 사람을 두고 하는 말.

✽ **경주 돌이면 다 옥돌인가?.**

옛부터 경주에서 옥돌이 많이 나기로 유명한 데서 비롯된
속담이다. 경주에서 옥돌이 많이 나오지만, 경주에서 나는
돌이라고 하여 모두 다 옥돌이라고는 할 수 없듯이 제아무
리 가문이 좋다고 하여 나쁜 습성을 가진 자손이 나오지 말
란 법이 없다는 뜻.

✽ **경첩은 녹이 슬지 않는다.**

항상 부지런히 움직이는 사람은 병들지 않는다는 말.

✽ **경풍에 아이 날리듯 세부 측량에 땅 날리듯 한다.**

경풍에 아이 죽듯이 토지 측량 때 땅 잃듯이 언제 없어진지

도 모르게 없어졌다는 말.

❋ 곁방 년 코고는 소리다.

곁방에 세든 사람의 코고는 소리에 주인까지도 잠을 못 자 듯이 자신의 위치도 모르는 채 함부로 행동 한다는 말.

❋ 계란도 굴러가다 서는 모가 있다.

어렵게 떠돌아다니며 살던 사람도 정착할 때가 있다는 말.

❋ 계란에도 뼈가 있다.

늘 일이 잘 안되는 사람은 모처럼 좋은 기회를 만나도 역시 잘 안된다는 말.

❋ 계란으로 돌 치기다.

자신의 처지도 깨닫지 않고 모험하면 자멸한다는 말.

❋ 계집과 집은 가꿀 탓이다.

여자는 남편이 다스리기에 따라 달라진다는 말.

❋ 계집 때린 날 장모 온다.

아내 때린 날 공교롭게도 장모가 오듯이 일이 꼬여 낭패만 된다는 말.

❋ 계집 말을 너무 잘 들으면 남을 도둑 만들고 계집 말을 너무 안 들으면 집안 망신한다.

아내의 말은 너무 잘 들어도 탈이 나고 너무 안 들어도 탈 이 나므로 적당한 것이 좋다는 말.

❋ 계집 바뀐 건 모르고 젓가락 짝 바뀐 건 안다.

정작 중요한 사건이 생긴 것은 모르고 작은 일이 생긴 것만 알고 소란을 피운다는 말.

❋ 계집 싫어하는 사나이 없고 돈 마다는 사람 없다.

사람치고 이성 싫어하는 사람 없고 돈 싫어하는 사람 없다 는 뜻.

❋ 계집아이 나면 두 번 운다.

계집아이는 낳았을 때 섭섭해서 울고 출가시킬 때에도 섭섭해서 울게 된다는 말.

✻ 계집애가 오라비 하니 사내도 오라비 한다.

남이 하니까 영문도 모르는 채 무조건 따라 하는 것을 두고 하는 말.

✻ 계집에 미친 중놈 같다.

중이 여자를 한 번 가까이 접하게 되면 마음이 온통 그쪽으로 빠지듯이 어떤 일에 너무 몰두하여 정신이 없는 사람을 두고 하는 말.

✻ 계집 여럿 데리고 사는 사람은 들어가는 방마다 말이 다르다.

여러 여자를 거느리고 있는 사람은 여자에게 마다 거짓말을 한다는 뜻.

✻ 계집은 젊어서는 여우가 되고 늙어서는 호랑이가 된다.

여자는 젊어서는 남편에게 순종하며 잘 따르지만 늙어서는 남편에게 도리어 호령하며 큰소리 친다는 말.

✻ 계집의 매도 많이 맞으면 아프다.

여자에게 악담 들을 짓을 해서는 안된다는 말.

✻ 계집의 원한은 오뉴월에도 서리친다.

여자의 원한을 받을 짓을 해서는 안된다는 말.

✻ 계집이 있나 자식이 있나 죽어 묘가 있나.

중이 나이든 후에 제 신세를 한탄한다는 뜻.

✻ 계집 입 싼 것.

말 많은 여자들은 말로 인하여 언제나 화만 불러오므로 말 많은 여자들의 언행은 아무짝에도 쓸데가 없다는 뜻.

✻ 계집 자랑은 삼불출의 하나요 자식 자랑은 팔불출의 하나이다.

제 아내를 자랑하는 것은 세 가지 어리석고 못난 짓 중의
하나이며 제 자식을 자랑하는 것은 여덟 가지 어리석고 못
난 것 중의 하나이므로 아내 자식과 자식 자랑은 하지 말라
는 말.

✱ 계집 잘못 만나면 평생 고생이다.
아내를 잘 만나야 한다는 말.

✱ 계 타고 집 판다.
재수가 좋아 이익을 보는 것 같았으나 머지않아 더 큰 손해
를 보게 되었다는 뜻.

✱ 곗돈 타고 집안 망한다.
처음에는 이익을 좀 보았으나 나중에 가서는 도리어 손해
를 보게 된다는 말.

✱ 곳간의 곡식은 썩어도 몸에 가진 재주는 썩지 않는다.
재물은 썩을 수 있지만 머리 속에 든 지식은 변함이 없다는
말.

✱ 고개 중에서 보리 고개가 제일 크다.
묵은 곡식은 없어지고 보리는 아직 여물지 않아 농가 생활
에 가장 어려운 때인 음력 사오월을 보리 고개라 하는 데서
비롯된 말로 지내기가 매우 어려움을 뜻하는 말.

✱ 고기가 물을 얻은 격이다.
생활토대를 얻어 살아나게 되었다는 말.

✱ 고기가 그물을 무서워하지 않고 사다새를 무서워한다.
가까이 없는 큰 적은 무서워하지 않고 오히려 가까이 있는
작은 적은 무서워한다는 말.

✱ 고기는 대가리쪽이 맛있고 짐승은 꼬리쪽이 맛있다.
물고기는 대가리, 짐승의 고기는 꼬리 부분이 맛이 좋음을
이르는 말.

✻ 고기는 먹어 본 사람이 더 먹고 밥은 굶은 사람이 더 먹는다.

고기는 평소에 자주 먹어 본 사람이라야 많이 먹게 되고 밥은 굶은 사람이 많이 먹는다는 뜻.

✻ 고기는 씹어야 맛이고 말은 해야 맛이다.

속으로만 끙끙거리며 앓을 것이 아니라 하고 싶은 말은 속 시원히 다 해야 한다는 말.

✻ 고기를 사면 뼈도 사기 마련이다.

서로 연관된 일은 떨어지지 않고 함께 붙어 있을 수 밖에 없다는 말.

✻ 고기 보고 부럽거든 가서 그물을 뜨라.

냇가에 헤엄치는 고기를 보고 탐이 나거든 고기를 잡을 수 있도록 집으로 돌아가서 그물을 뜨는 것이 현명하다는 말. 어떠한 일이든지 결과를 원하거든 그 원인을 만들어야 한다는 말. 즉, 어떠한 일이든지 목적하는 바가 있거든 그 목적 달성에 필요한 것을 준비해야 한다는 뜻.

✻ 고기 푸대요 밥 주머니다.

일하지 않고 먹는 넉넉한 생활을 하는 사람을 가리켜 하는 말.

✻ 고기 한 점이 귀신 천 마리를 쫓는다.

몸이 허약하면 온갖 잡신이 모여드는 법이니, 몸의 건강을 위해서는 고기를 먹는 것이 좋다는 뜻.

✻ 고니를 조각하다가 안되면 그와 비슷한 따오기라도 된다.

성현의 가르침을 따르게 되면 비록 성현은 되지 못할 지언정 착한 사람은 될 수 있다는 뜻.

✻ 고달픈 새는 우거진 숲으로 돌아간다.

피곤하여 지쳤을 때에는 쉴 곳을 찾아야 한다는 말.

✽ **고량진미 맛좋은 음식도 나물국부터 먹기 시작해야 한다.**
맛없는 음식을 먹어 본 사람이라야 맛있는 음식의 참맛을
알 수 있듯이 고생을 해본 사람만이 행복의 참다운 의미를
깨달을 수 있다는 말.

✽ **고려공사 삼일.**
옛부터 우리 나라 사람들은 무슨 일이나 계획성이 없고, 또
한 참고 견디는 힘이 부족하여 한 번 세운 계획이라 할지라
도 자주 변경한다는 것을 꼬집는 말.

✽ **고르고 고르다가 끝판에는 곰보 마누라 얻는다.**
너무 지나치게 고르다가는 오히려 나쁜 것을 고르게 된다
는 말.

✽ **고름이 살 될까?**
계속 두어 봐야 이익이 안될 것은 아까와하지 말고 과감히
버리라는 말.

✽ **고부간 나쁘고 잘 되는 집 없다.**
시어머니와 며느리의 사이가 좋지 않으면 집안이 잘 될 수
가 없다는 뜻.

✽ **고사리도 꺽을 때 꺾어야 한다.**
모든 일에는 적당한 시기가 있으므로 그 시기를 놓쳐서는
안된다는 말.

✽ **고생 끝에 낙이 온다.**
고생한 끝에 그 보람으로 즐거움이 오게 된다는 뜻.

✽ **고생문이 훤하다.**
앞으로 많은 고생을 하게 생겼다는 말.

✽ **고수머리와 옥니박이하고는 말도 하지 말랬다.**
고수머리와 옥니박이인 사람은 성격이 좋지 못하다고 하는
데서 비롯된 말.

✽ 고양이가 발톱을 감춘다.

능력이 있는 사람은 항상 자신의 능력을 겉으로 드러내지 아니하고 감추어 둔다는 말.

✽ 고양이가 원님 반찬을 안다더냐.

고양이가 원님 반찬인지도 모르고 함부로 먹듯이 사람도 무식하여 상하를 모르게 되면 아무 행동이나 겁없이 하게 된다는 말.

✽ 고양이가 쥐 걱정해 주듯 한다.

서로 사이가 좋지 못해 결코 걱정해 줄 처지가 못 된다는 뜻.

✽ 고양이는 소리 없이 쥐를 잡는다.

무슨 일이든 소문내지 않고 조용히 해야 일을 이룰 수 있다는 말.

✽ 고양이 덕과 며느리 덕은 모른다.

고양이가 쥐를 잡아 곡식의 피해를 없게 해주는 은혜를 모르듯이 집안 일을 모두 돌보아 주는 며느리의 은혜를 모른다는 말.

✽ 고양이도 낯짝이 있어야 방귀를 뀐다.

체면이 있는 사람이라면 결코 염치없는 행동을 해서는 안 된다는 말.

✽ 고양이 죽은 데 쥐 눈물 흘리듯 한다.

슬퍼할 처지가 못된다는 말.

✽ 고운 꽃이 쉬 꺾인다.

아름다운 여자는 대개 지조가 없다는 말.

✽ 고운 사람 미운 데 없고 미운 사람 고운 데 없다.

한번 좋게 보면 하는 짓마다 예쁘게 보이고, 한번 나쁘게 보면 하는 짓마다 밉게 보인다는 뜻.

❊ 고운 사람은 뒤를 봐도 곱다.

　　예쁜 사람은 어느 모로 보나 예쁘게 보인다는 말.

❊ 고운 외며느리 없다.

　　외며느리치고 곱게 봐주는 시어머니가 잘 없다는 말.

❊ 고운 자식 매 하나 더 때리랬다.

　　자식을 훌륭하게 키우기 위해서는 매사에 엄하게 다스려야
　　한다는 말.

❊ 고운 정 미운 정 다 들었다.

　　정이 들도록 오래 사귄 사이라는 말.

❊ 고자대감 세 쓰듯 한다.

　　고자대감은 남자 구실을 못하는 병신이기는 하지만 내시부
　　를 담당하기 때문에 세력이 크듯이 못난 사람이 권세가 큰
　　것을 두고 하는 말.

❊ 고집이 어지간해야 상원님하고 벗하지.

　　고집이 센 사람하고는 아무 일도 할 수 없다는 말.

❊ 고추 당초 맵다 해도 시집살이만치 맵지 않다.

　　고추 당초가 아무리 매워도 시집살이보다는 맵지 않다는
　　뜻. 즉 시집살이가 힘들다는 말.

❊ 고추장 단지가 열 둘이라도 서방님 비위를 못 맞춘다.

　　성질이 매우 괴팍하고 까다로와 그 비위를 맞추기가 여간
　　힘들지 않다는 말.

❊ 고향 길은 밤에 가도 돌에 채이지 않는다.

　　몸에 익은 일은 결코 실패하는 법이 없다는 말.

❊ 고향이 따로 있나 정들면 고향이지.

　　자기가 태어난 곳 뿐만이 고향이 아니라 정을 붙이고 사는
　　곳이면 어디나 고향이라는 말.

❊ 고향 자랑은 아무리 해도 욕하지 않는다.

고향 자랑은 아무리 많이 해도 불출이라고 욕하지 않는다
는 말.

✱ 곡간 쥐는 쌀 고마운 줄 모른다.

좋은 환경에 있는 사람은 그 환경에 대한 고마움을 모른다
는 말.

✱ 곡식도 잘된 놈을 더 만져 보고 싶다.

자식중에서도 잘난 자식에게 더 정이 간다는 말.

✱ 곤두선 머리털이 갓을 치켜올린다.

머리털이 곤두설 정도로 화가 몹시 났다는 뜻.

✱ 곧은 나무가 먼저 찍힌다.

곧은 나무가 눈에 띄어 먼저 베이게 되듯이 훌륭한 인물이
먼저 죽는다는 뜻.

✱ 곧은 나무는 산지기 차지요 굽은 나무는 산주 차지다.

좋은 것은 그것을 직접 담당하고 있는 아랫사람들이 차지
하게 되고 나쁜 것을 웃사람이 차지하게 된다는 뜻.

✱ 곧은 나무에도 굽은 가지가 있다.

착한 사람이라 하더라도 조금씩의 단점은 있다는 말.

✱ 골나서 좋은 사람 없다.

되도록이면 화를 내지 말라는 말.

✱ 골난 김에 서방질한다.

화가 나면 못할 것이 없다는 말.

✱ 골이 깊어야 범도 있고 숲이 있어야 도깨비도 있다.

사람에게는 넓은 포용력이 있어야 무리들이 따른다는 말.

✱ 골 잘 내는 놈이 속은 없다.

겉으로 화풀이를 하며 표현하는 사람은 마음 속으로는 앙
심을 담고 있지 않는다는 말.

✱ 골통만 크고 재주는 메주다.

머리가 커 재주가 있을 것 같으나 그렇지 않다는 뜻.

✻ 곯아도 젓국이 좋고 늙어도 영감이 좋다.

비록 늙었어도 오랜 세월 동안 같이 산 부부가 좋다는 말.

✻ 곰보도 보조개로 보인다.

한 번 정이 들어 예쁘게 보면 곰보 자국도 보조개처럼 보인다는 말.

✻ 곰은 쓸개 때문에 죽고 사람은 혀 때문에 죽는다.

사람은 말을 잘못하여 망하는 경우가 많다는 말.

✻ 곰이 재주를 넘는다.

미련한 사람도 한 가지 재주는 다 있는 법이라는 말.

✻ 곰하고는 못 살아도 여우하고는 산다.

요사스런 사람과는 살아도 미련한 사람과는 같이 못 산다는 말.

✻ 공것 바라기는 무당 서방 같다.

공짜를 좋아하는 사람을 가리켜 하는 말.

✻ 공것은 써도 달다.

공짜로 얻은 것은 써도 안 쓴것 같이 여겨진다는 말.

✻ 공것이라면 눈도 벌렁 코도 벌렁한다.

공짜라면 어찌나 좋은지 눈과 코도 벌렁거린다는 뜻.

✻ 공것이라면 송장도 꿈틀거린다.

공것이라면 죽은 사람도 좋아서 꿈틀거릴 정도로 공짜를 싫어하는 사람이 없다는 말.

✻ 공것이라면 양잿물도 마신다.

공것이라면 자기에게 해가 되는 것도 상관하지 않고 먹는다는 말.

✻ 공든 탑이 무너지랴.

정성을 다해 한 일은 반드시 좋은 결실을 거두게 된다는 말.

✽ 공사에도 사정이 있다.

　비록 공사를 집행할 때라도 가능한 범위내에서는 개인적인
　사정을 참작해 주어야 한다는 말.

✽ 공손한 사람은 남을 경멸하지 않는다.

　공손한 사람은 겸손하여 남을 멸시하는 행동은 하지 않는
　다는 말.

✽ 공술에 술 배운다.

　공것에 재미를 붙이다가는 결국 손해를 보게 된다는 말.

✽ 공(公)은 공이고 사(私)는 사다.

　공사(公事)를 집행할 때에는 공적과 사적을 분명히 구분하
　여야 한다는 말.

✽ 공(功)은 일한 사람에게 돌아가고 죄는 진 사람에게 돌아
　간다.

　착한 일을 한 사람은 반드시 복을 받게 되고 악한 일을 한
　사람은 반드시 벌을 받게 된다는 말.

✽ 공자 앞에서 문자 쓴다.

　잘 알지도 못하면서 도를 통한 사람 앞에서 잘난 척 한다는
　말.

✽ 공작은 깃을 아끼고 범은 발톱을 아낀다.

　짐승도 저마다 소중한 것을 아끼듯이 인간도 인간에게 가
　장 소중한 명예를 아껴야 한다는 말.

✽ 공치사는 않는 것만 못하다.

　빈말로 칭찬하는 것은 오히려 하지 않는 것보다 못하다는
　말.

✽ 과거를 안 볼 바에야 시관(試官)이 개떡 같다.

　자기와 관련이 없는 사람은 제아무리 두려운 대상도 겁낼
　일이 전혀 없다는 말.

✽ 과부가 마음이 좋으면 동네 시아비가 열 둘이다.
  과부가 수절을 하려면 모진 각오가 있어야 한다는 말.

✽ 과부는 퇴침에 은이 서 말이다.
  과부의 살림살이는 풍족하다는 말.

✽ 과부도 과부라면 싫어한다.
  바른말도 경우에 따라서는 피해야 할 때가 있다는 말.

✽ 과부 사정을 홀아비가 안다.
  비슷한 처지에 있는 사람끼리는 서로의 사정을 잘 알 수 있
  다는 말.

✽ 과부살이 십 년에 독사 안되는 년 없다.
  남편 없이 과부로 세상을 살아나가려면 모질어야 하므로
  오랫 동안 과부살이를 하게 되면 성격이 저절로 독해진다
  는 말.

✽ 과부 시집가듯이 부잣집 업 나가듯 한다.
  소문도 없이 슬그머니 없어졌다는 뜻.

✽ 과부집 수캐마냥 일만 저지른다.
  과부집 수캐는 귀여워하기만 하므로 버릇없이 제멋대로 일
  을 저지르듯이 별로 하는 일 없이 일만 저지르는 아이를 가
  리켜 하는 말.

✽ 과부집 수코양이 같다.
  수코양이가 발정을 하면 주위 사람들이 과부의 행실을 의
  심하듯이 이유 없이 남에게 의심을 받는다는 뜻.

✽ 과부집에 가서 바깥 양반 찾는다.
  과부집에 가서 바깥 양반 찾듯이 실없는 짓을 한다는 뜻.

✽ 과하다면서 석 잔 먹고 그만 한다면서 다섯 잔 먹는다.
  술을 좋아하는 사람은 그만 마시겠다고 하면서도 자꾸 마
  신다는 말.

✽ 관 뚜껑 덮기 전에는 입찬 소리 말랬다.
　사람의 팔자는 언제 어떻게 변할지 모르므로 죽기 전에는
　함부로 장담하지 말라는 말.

✽ 관상장이가 제 관상 못 보고 점장이가 제 점 못친다.
　누구든지 남의 일은 잘해 주면서도 자기의 일은 자신이 못
　한다는 말.

✽ 광에서 인심난다.
　광에 곡식이 가득해야 남을 도와 주어 인심을 얻을 수 있듯
　이 넉넉해야 남의 인심도 얻는다는 뜻.

✽ 광주 생원님 첫 서울 간 것 같다.
　시골 사람이 처음으로 서울 구경을 와 어리둥절한 것처럼
　정신을 제대로 못 차리는 사람을 두고 하는 말.

✽ 교만하면 손해만 보고 겸손하면 이익만 본다.
　교만한 사람은 남들이 대우를 해주지 않기 때문에 매사에
　손해만 보고 겸손한 사람은 남들과 서로 도와 가며 살기 때
　문에 결국은 자기에게 이익이 된다는 말.

✽ 교활한 토끼는 굴이 셋이다.
　교활한 인간의 언행은 참으로 믿기가 어렵다는 뜻.

✽ 구관이 명관이다.
　새로운 사람보다는 여지껏 그 일을 하던 사람이 낫다는 뜻.

✽ 구 년 장마에 볕 안 나는 날 없고 칠 년 대한에 비 안오는
날 없었다.
　지루하게 계속되는 고난 속에서도 순간순간 즐거움은 있다
　는 뜻.

✽ 구두쇠 아비에 방탕한 자식 생긴다.
　아버지가 인색하게 하여 모은 재산을 자식이 방탕하게 써
　버려 몽땅 날려 버린다는 말.

✻ 구들장 신세만 진다.

별로 하는 일 없이 늘 방에서 누워만 지낸다는 말.

✻ 구렁이가 제 몸 추어 봤자지.

구렁이가 잘나지도 못한 몸을 추어보았자 별 수없듯이 잘나지도 못한 사람이 제 자랑 해봐야 알아 주지도 않는다는 말.

✻ 구렁이 담 넘어가듯 한다.

구렁이가 담을 슬그머니 넘어가듯이 어떤 일을 소리도 없이 슬쩍 해치울 때 쓰는 말.

✻ 구르는 돌에는 이끼가 끼지 않는다.

박힌 돌에는 이끼가 끼지만 구르는 돌에는 이끼가 끼지 않듯이 사람도 쉬임없이 활동하게 되면 건강하게 된다는 말.

✻ 구름처럼 모이고 안개처럼 흩어진다.

많은 사람들이 모였다가 다시 흩어진다는 뜻.

✻ 구멍 봐서 쐐기도 깎는다.

무슨 일이든지 여건에 맞게 해야 한다는 말.

✻ 구멍 파는 데는 끌 당할 칼이 없다.

사람은 다 나름대로의 재능이 있어 적재적소에 배치하면 큰 능률을 올릴 수 있다는 말.

✻ 구슬이 닷 말이라도 꿰야 보배다.

제아무리 좋은 재료라도 쓸모 있도록 만들어 놓아야 가치를 발휘한다는 말.

✻ 구정물 동이에 호박씨 뜨듯 한다.

상관없는 일에 괜히 방해되는 행동만 한다는 말.

✻ 국수 먹는 배다.

국수를 먹은 다음에는 배가 쉽게 꺼지듯이 겉만 그럴 듯하고 실속은 없는 것을 두고 하는 말.

✻ 국수 잘하는 년이 수제비 못한다더냐.

어려운 일도 썩 잘하는 사람이 쉬운 일을 못할 까닭이 없다는 말.

✻ 국 쏟고 뚝배기 깬다.

한 가지 일이 잘못되면 그와 연관이 있는 다른 일까지도 그르치게 된다는 말.

✻ 군밤 맛하고 새서방 맛은 못 잊는다.

여자가 한 번 바람이 나면 헤어나지 못하게 된다는 말.

✻ 군불에 밥 짓기다.

밑천도 들이지 않고 일을 쉽게 한다는 말.

✻ 군색한 감장수는 유월부터 판다.

생활이 어려운 감장수가 답답해서 제철도 아닌 유월에 감을 따서 팔듯이 사람이 너무 어려운 처지에 몰리게 되면 조급성이 생긴다는 말.

✻ 군중들의 입은 막기 어렵다.

여론은 어떠한 권력으로도 막아낼 수 없다는 뜻.

✻ 굳은 이가 먼저 빠지고 부드러운 혀가 나중까지 남는다.

지나치게 강한 것은 오히려 부드러운 것만 못하므로 사람도 강함과 부드러움을 겸비해야 한다는 말.

✻ 굴뚝에 바람 들었다.

굴뚝에 바람이 들면 연기가 빠지지 않듯이 어떤 일에 방해가 생겼다는 말.

✻ 굴러들어온 돈은 굴러 나간다.

노력한 댓가로 얻은 돈이 아니고 공짜로 생긴 돈은 결국 공짜로 쓰여지게 마련이라는 말.

✻ 굴 속의 새끼 쥐를 모르거든 밖에 있는 어미 쥐를 보랬다.

그 집 부모를 보면 자식도 어떠한지 대강 알 수 있다는 뜻.

✻ 굶더라도 벗지는 말아야 한다.

　비록 가난하여 굶는 한이 있더라도 옷은 잘 입어야 한다는 뜻.

✻ 굶어도 이승이 낫다.

　아무리 어렵게 살더라도 죽는 것보다는 살아있는 것이 낫다는 뜻.

✻ 굶어 죽어도 씨 오장이는 베고 죽으랬다.

　굶어 죽는 한이 있어도 씨앗은 소중히 간수하라는 말.

✻ 굶어 죽으나 맞아 죽으나 제 명에 못 죽기는 일반이다.

　굶어 죽으나 맞아 죽으나 제 명대로 못 사는 것은 마찬가지니 하고 싶은 일이나 하고 죽겠다는 말.

✻ 굶주린 놈이 찬밥 더운밥 가릴까?

　배가 고픈 사람은 음식의 좋고 나쁨을 가리지 않고 잘 먹는다는 말.

✻ 굼벵이도 밟으면 꿈틀한다.

　제아무리 못난 사람이라 하더라도 계속해서 무시를 당하면 맞서 대항한다는 말.

✻ 굼벵이도 지붕에서 떨어질 때는 생각이 있어 떨어진다.

　비록 못난 사람이라도 그가 하는 일에는 그 나름대로의 그럴 듯한 생각이 있다는 뜻.

✻ 굽은 나무가 선산 지킨다.

　굽은 나무는 나무꾼에게 외면당해 오랫 동안 선산을 지키듯이 못난 자식이 오히려 집에 있으면서 부모를 섬긴다는 말.

✻ 굽히는 것이 꺾이는 것보다 낫다.

　너무 결백하다가 결국 실패하는 것보다는 성공을 위해 어느 정도 굽힐 줄도 아는 것이 현명하다는 뜻.

❋ 굿 뒤에 쌍장구 친다.
　　일단 굿이 끝난 다음에는 장구를 쳐봐야 아무 소용이 없듯
　　이 어떤 시기가 지난 후에야 필요 없는 짓을 하는 것을 가
　　리켜 하는 말.

❋ 굿이나 보고 떡이나 먹어라.
　　남의 일에 공연히 나서서 참견하지 말고 주는 것이나 먹고
　　삼자코 있으라는 말.

❋ 굿 하고 싶어도 맏며느리 춤추는 꼴 보기 싫어 못 한다.
　　어떤 일을 하고 싶기는 하나 미운 사람이 따라 나서는 것이
　　보기 싫어서 아예 그 일을 하지 않는다는 말.

❋ 궁지에 몰린 쥐는 고양이를 문다.
　　궁지에 몰린 쥐는 이렇게 죽으나 저렇게 죽으나 마찬가지
　　이므로 마지막 발악으로 고양이에게 덤벼들듯이 사람도 궁
　　지에 몰아 넣으면 필사적으로 달려들게 되므로 어느 정도
　　빠져 나갈 여지는 주고 쫓으라는 말.

❋ 궁하면 통한다.
　　도저히 헤어날 길이 없을 것 같은 궁지에 몰리게 되면 오히
　　려 헤어날 길이 트이게 된다는 말.

❋ 권력 쓸 때 인심 사랬다.
　　세도가 있을 때에 남에게 은혜를 베풀어 인심을 얻어야 쇠
　　한 후에 대접을 받는다는 말.

❋ 권에 못이겨 방갓 쓴다.
　　남이 하도 권하는 바람에 어쩔 수 없이 함께 어울린다는 뜻.

❋ 권불십년(權不十年).
　　제아무리 강력한 권세라도 십 년을 계속 지탱하지는 못한
　　다는 뜻.

❋ 귀가 보배다.

배운 것은 없지만 귀로 들어 많이 알게 되었으니 귀가 바로 보배와 같다는 말.

❋ 귀가 여리다.

뚜렷한 줏대가 없이 남의 말을 잘 듣는 사람을 가리켜 하는 말.

❋ 귀는 길어야 하고 혀는 짧아야 한다.

남의 말은 많이 들어야 하고 자신은 말을 되도록 적게 해야 한다는 뜻.

❋ 귀뚜라미 풍류한다.

논에 김을 매지 않아 풀이 우거져 그 속에서 귀뚜라미가 울 듯이 농사일을 제대로 하지 않았다는 뜻.

❋ 귀를 두고 못 듣는 것도 귀머거리다.

무식하여 들어도 이해 못하는 것은 귀머거리와 마찬가지라는 말.

❋ 귀를 잡아당기면 뺨도 움직인다.

귀를 잡아당기면 뺨도 따라 움직이듯이 서로 떨어질 수 없는 밀접한 관계가 있다는 뜻.

❋ 귀 막고 방울 도둑질한다.

얄팍한 잔꾀로 남을 속이려 해도 소용이 없다는 뜻.

❋ 귀머거리 귀 있으나마나다.

귀머거리 귀는 아무 소용 없듯이 배워도 모르는 것은 배우나마나 하다는 말.

❋ 귀머거리에게 귓속말을 한다.

상대방을 잘 모르고서 일을 하면 그르치기 쉽다는 말.

❋ 귀먹은 중놈 목탁 치듯 한다.

귀가 먹은 중은 소리를 듣지 못하기 때문에 목탁을 함부로 크게만 치듯이 어떤 일을 잘 알지도 못하면서 상황에 맞지 않게 함부로 한다는 뜻.

❋ 귀신도 귀신 같잖은 것이 사람만 잡아 간다.

못난 주제에 남들에게 해만 끼친다는 말.

❋ 귀신도 모를 일이다.

모든 것을 환하게 알고 있는 귀신조차도 모를 정도로 알아
낼 수 없는 오리무중의 비밀이라는 말.

❋ 귀신도 빌면 듣는다.

귀신도 진심으로 간곡하게 빌면 용서해 주는데 하물며 사
람에게 비는데 용서해 주지 않을 리가 없다는 말.

❋ 귀신 씨나락 까먹는 소리를 한다.

남들이 보지 않는 곳에서 알아듣지도 못할 혼잣소리로 소
곤댄다는 말.

❋ 귀양도 가려다가 못 가면 섭섭하다.

어떤 일이든지 하려다가 못 하게 되면 서운하다는 말.

❋ 귀에 걸면 귀걸이요 코에 걸면 코걸이다.

이렇게도 될 수 있고 저렇게도 될 수 있다는 말.

❋ 귀에 못이 박혔다.

같은 말을 계속 되풀이하는 바람에 싫증이 난다는 뜻.

❋ 귀엽게 기른 자식이 어미 꾸짖는다.

귀엽게만 키우고 엄하게 다스리지 않은 자식은 버릇이 없
다는 말.

❋ 귀 풍년에 입 가난이다.

귀로 들은 것은 많아도 실제로 쓸모 있는 것은 하나도 없다
는 말.

❋ 귀한 손님도 사흘이다.

아무리 반가운 사람도 오래 머물면 싫증이 난다는 말.

❋ 귀한 자식 매 한 대 더 때리고 미운 자식 떡 한 개 더 주

랬다.

　귀여운 자식은 버릇이 없어지기 쉬우므로 엄하게 가르쳐야 하고 미운 자식은 정을 들이기 위해서라도 잘 대해 주라는 말.

✽ 그 남편에 그 아내다.

　남편이 못났으면 그 아내 역시 못나게 된다는 말.

✽ 그 놈이 그 놈이다.

　그 놈이나 하는 짓으로 보아 하나도 그 놈이나 다를 바가 없이 똑같은 놈이라는 말.

✽ 그림의 떡이다.

　아무리 탐이 난다고 해도 차지하거나 이용할 수 없다는 말.

✽ 그만하기가 다행이다.

　피해를 입기는 했으나 더 큰 피해를 입지 않은 것이 천만다행이라는 말.

✽ 그물에도 빠져 나갈 구멍이 있다.

　아무리 죽게 될 처지에 놓여 있어도 살아날 방도가 있다는 말.

✽ 그물 코가 삼천이라도 걸려야 그물이다.

　양(量)이 아무리 많아도 질(質)이 좋지 못하면 제구실을 할 수 없다는 말.

✽ 그 사람을 알고 싶거든 먼저 그 친구를 보라.

　사람은 다 비슷비슷한 사람끼리 어울려 사귀게 되므로 친구를 보면 그 사람이 어떠한 사람이란 것을 알 수 있다는 말.

✽ 그 아비에 그 자식이다.

　아버지가 변변치 못하면 자식도 아버지를 닮아 변변치 못하게 된다는 뜻.

✽ 근면을 이기는 가난 없다.
　　부지런히 노력하면 못살 리가 없다는 말.

✽ 근원 벨 칼이 없고 근심 없앨 약이 없다.
　　혈육의 정은 아무리해도 끊을 수가 없고, 인생을 살아가면
　　서 생기게 되는 근심 걱정은 결코 없앨 수가 없다는 뜻.

✽ 금일 충청도 명일 경상도.
　　한 곳에 정해진 거처가 없이 이곳 저곳을 방황하며 떠돌아
　　다닌다는 뜻.

✽ 글귀는 몰라도 말귀조차 모를까?
　　무식해서 글자는 모르더라도 말귀는 알아들을 수 있다는
　　말.

✽ 글 못한 놈 붓 그리듯 한다.
　　일에 능숙하지 못하고 서투른 사람일수록 도구는 좋은 것
　　만 사용하려고 한다는 말.

✽ 글을 백 번만 읽으면 그 뜻을 절로 알게 된다.
　　남에게 배우지 않더라도 여러번 되풀이해서 읽고 또 읽으
　　면 저절로 그 뜻을 깨달아 이해하게 된다는 말.

✽ 긁어 부스럼 만든다.
　　가만히 두면 괜찮을 것을 괜히 쓸데없는 짓을 하여 일을 크
　　게 만든다는 말.

✽ 금강산도 식후경.
　　아무리 좋은 구경거리가 있다 해도 배가 고프면 눈에 들어
　　오지 않는다는 뜻.

✽ 금도 모르고 싸다고 한다.
　　속 내용도 잘 알지 못하면서 함부로 평가한다는 말.

✽ 금 보기를 돌과 같이 하라.
　　물욕을 너무 탐하지 말라는 말.

✻ 금이야 옥이야 한다.

　　어떤 물건을 몹시 소중히 다룰 때 쓰는 말.

✻ 급하기는 우물에 가 숭늉 달라겠다.

　　성미가 몹시 급하다는 뜻.

✻ 기는 놈 위에 뛰는 놈 있고 뛰는 놈 위에 나는 놈 있다.

　　아무리 재주가 있다고 해도 그보다 더 뛰어난 재주를 가진
사람이 있다는 말.

✻ 기대가 크면 실망도 크다.

　　기대한 바가 컸던 일에 실패하게 되면 실망도 비례해서 크
다는 말.

✻ 기둥보다 서까래가 더 굵다.

　　일이 정반대로 되었다는 말.

✻ 기러기가 가면 제비가 온다.

　　가는 사람이 있으면 오는 사람이 있기 마련이라는 말.

✻ 기생 오라비 같다.

　　속은 텅 비어 있으면서도 겉모습만 반지르르하게 하고 다
니는 사람을 가리켜 하는 말.

✻ 기생이 열녀전 끼고 다닌다.

　　자기에게 전혀 어울리지 않는 행동을 한다는 말.

✻ 기생 환갑은 서른이다.

　　화류계 여자는 서른 살만 지나면 값어치가 없어진다는 말.

✻ 기와 한 장 아끼다가 대들보 썩힌다.

　　작은 것을 아끼다가는 오히려 더 큰 손해를 보게 된다는 뜻.

✻ 기왕이면 다홍 치마다.

　　동일한 조건이라면 더 나은 것을 선택한다는 말.

✻ 기왕이면 처녀 장가를 가랬다.

　　동일한 조건이라면 새 것을 선택한다는 말.

✽ 기운이 세다고 황소가 왕노릇 할까?

　　무력만 가지고는 높은 자리에 군림할 수 없다는 말.

✽ 기침에 재채기까지 한다.

　　일이 한번 꼬이려 들면 계속해서 장애물이 생긴다는 말.

✽ 긴 병에 효자 없다.

　　아무리 소문난 효자라도 오래 앓는 부모에게는 간호하기가
　　힘이 많이 든다는 말.

✽ 길고 짧은 것은 대보아야 안다.

　　길이는 자로 재봐야 정확한 길이를 알 수 있듯이 모든 일은
　　실제로 비교해 보아야 정확한 것을 알 수 있다는 말.

✽ 길 닦아 놓으니까 문둥이가 먼저 지나간다.

　　기껏 정성들여 어떤 길을 이루어 놓으니 정작 쓸 사람이 쓰
　　지 않고 엉뚱한 사람이 쓰게 된다는 뜻.

✽ 길은 갈 탓이요 말은 할 탓이다.

　　사람의 말과 행동은 하기에 달려 있다는 말.

✽ 길이 아니거든 가지를 말고 말이 아니거든 듣지를 말랬다.

　　정도(正道)에 어긋난 일이면 아예 가까이 하지 말라는 말.

✽ 김매고 밭 가는 것을 자꾸 하게 되면 농부가 된다.

　　김을 매고 밭을 갈다가 보면 자연히 농부가 되듯이 어떤 분
　　야에 대한 일을 오래 계속 하다 보면 그 분야의 전문인이
　　된다는 말.

✽ 김빠진 맥주다.

　　어떤 사물의 가장 중요한 부분이 없어져서 쓸모가 없이 되
　　어 버렸다는 뜻.

✽ 김 안 나는 숭늉이 더 뜨겁다.

　　김 나는 숭늉보다 김 안 나는 숭늉이 더 뜨겁듯이 사람에
　　있어서도 겉으로 말을 많이 하는 사람보다는 침묵을 지키

는 사람이 오히려 더 무섭다는 말.

✽ **김칫국 먹곡 수염 쓰다듬고 냉수 마시고 트림한다.**

아무 실속도 없으면서 남들이 보는 앞에서 허세를 부린다
는 말.

✽ **김칫국 먼저 마신다.**

떡 줄 사람은 생각도 않는데 김칫국부터 마시듯이 남의 속
도 모르고 저 혼자 잘 되리라고 믿고 행동한다는 말.

✽ **깊고 얕은 것은 물을 건너 봐야 안다.**

깊은지 얕은지는 물을 직접 건너 보아야 확실히 알 수 있듯
이 사람도 직접 사귀어 봐야 그 사람의 마음을 알게 된다는
말.

✽ **깊은 물은 가뭄을 타지 않는다.**

깊은 물은 가뭄이 닥쳐도 영향을 받지 않듯이 자본이 넉넉
하면 어떠한 어려운 상황이 닥쳐온다 해도 극복해 나갈 수
있다는 말.

✽ **까마귀가 겉 검다고 속조차 검을소냐?**

사람이란 겉으로 나타난 모습만 보고 그 사람 전부를 판단
해서는 안된다는 뜻. 겉으로 보이는 차림새가 남루하고 볼
품이 없다고 해서 그 사람의 인품이나 사람됨이 형편없다
고 생각하는 것은 금물이라는 뜻.

✽ **까마귀 날자 배 떨어진다.**

곧 어떤 행동을 하자마자, 마치 그 결과인 듯한 혐의를 받
기에 알맞게 다른 일이 뒤따라 일어날 때 일컫는 말.

✽ **까마귀는 미역을 감아도 희어지지 않는다.**

타고난 성격이 악한 사람은 아무리 가르쳐도 선하게 되지
않는다는 뜻.

✽ **까마귀도 고향 까마귀는 반갑다.**

하찮은 것이라 하더라도 제 고향 것은 반갑게 여겨진다는
말.

✼ 까마귀도 제 소리는 아름답다고 한다.

제 멋에 산다고 하는 말과 같이 자기가 하는 일은 무엇이든
잘하는 것처럼 스스로 여긴다는 말.

✼ 까마귀 똥도 열 닷 냥 하면 물에다 눈다.

평소에는 흔하던 물건도 막상 필요해서 구하려고 하면 귀
하다는 말.

✼ 까마귀 열 두 소리 하나도 좋지 않다.

평소에 마음에 들지 않는 사람이 하는 행동거지는 무엇이
든 다 마음에 들지 않는다는 뜻.

✼ 까마귀 학이 되며 기생이 열녀 되랴.

까마귀가 학이 될 수 없는 것과 마찬가지로 기생이 결코 열
녀가 될 수는 없다는 말.

✼ 까막 까치도 저녁이면 제 집에 돌아간다.

하찮은 날짐승도 저녁이면 돌아갈 집이 있는데 사람으로서
날이 저물어도 돌아갈 집이 없다는 말.

✼ 까치가 맨발로 다니니까 오뉴월로 안다.

새들이 맨발로 다니듯 겨울이 되어도 추위를 모르는 사람
을 가리켜 하는 말.

✼ 까치가 요란하게 지저귀면 귀한 손님이 온다.

까치가 울면 길조이므로 반가운 손님이 온다는 뜻.

✼ 깐깐 오월 미끈 유월.

사계절 중에서 유독히 오월은 해가 길고 시간이 더디게 가
므로 지루하다는 뜻이며, 유월은 해도 짧거니와 해야 할 일
도 많아 하루 해가 시간 가는 줄 모르게 지나간다는 말.

✼ 깨진 거울은 다시 비추어 주지 않는다.

한 번 저지른 잘못은 두 번 다시 돌이킬 수 없다는 말.

✽ **깻묵과 백성은 짤수록 나온다.**

깻묵은 짤수록 기름이 나오듯이 백성들은 나라에서 내라는 대로 세금을 잘 낸다는 말.

✽ **꼬리가 길면 잡힌다.**

나쁜 일도 자꾸 하게 되면 결국 들통이 난다는 말.

✽ **꼬리 먼저 친 개가 밥은 나중에 먹는다.**

남보다 먼저 서두른 사람이 남보다 뒤떨어지는 경우가 많다는 말.

✽ **꼬리 치는 개는 때리지 못한다.**

상대방이 아무리 잘못을 했다 하더라도 웃는 얼굴에는 야단치지 못한다는 말.

✽ **꼴 보고 이름 짓는다.**

무슨 일이든 격에 맞게 어울리도록 해야 한다는 말.

✽ **꼴에 수캐라고 다리 들고 오줌 눈다.**

못난 사람이 남 하는 행동은 다 하려고 한다는 말.

✽ **꼿꼿하기는 서서 똥 누겠다.**

아무에게도 굽힐 줄 모르는, 고집이 몹시 센 사람을 보고 비아냥거리는 말.

✽ **꽁지 빠진 꿩이다.**

모습이 몹시 흉하고 초라한 것을 가리켜 하는 말.

✽ **꽃도 시들면 오던 나비도 아니 온다.**

세도가 당당하던 집도 몰락하면 찾아오던 사람이 발길을 끊는다는 말.

✽ **꽃도 잎이 일어야 더 곱다.**

미인도 옷을 잘 입어야 더 예뻐 보인다는 말.

ㄴ

❇ 나간 며느리가 효부였다.

곁에 있을 때는 몰랐으나 나가고 난 뒤에야 효부인 줄 깨닫
게 되듯이 무슨 일이든지 지내 놓고 봐야 그 진가를 알 수
있다는 말.

❇ 나그네 모양 보아 표주박에 밥을 담고, 주인의 모양 보아
손으로 밥 먹는다.

누구나 사람을 대접할 때에는 그 용모와 차림새를 보아 그
사람에게 적절하게 대접한다는 뜻.

❇ 나는 바담 뿡 해도 너는 바람 풍 해라.

혀가 짧은 훈장이 자기는 바담 뿡으로 발음하면서 학생들
에게는 올바로 발음하라고 호령하듯이 저는 나쁜 행동을
하면서 아랫사람에게는 잘하라고 호령한다는 말.

❇ 나도 사또 너도 사또면 아전할 놈 하나도 없다.

아랫사람은 없고 웃사람만 있어서는 어떠한 일을 할 수 없
다는 말.

✱ 나라 상감님도 늙은이는 대접한다.

임금님도 나이든 대접했듯이 노인은 존경해야 한다는 말.

✱ 나루 건너가 배 탄다.

나루를 건넌 다음에는 배를 탈 필요가 없듯이 어떤 일이든지 일의 순서를 옳게 하지 않으면 좋은 성과를 얻을 수 없다는 말.

✱ 나를 얻고 남을 얻는 것은 덕의 길이다.

덕의 길은 바로 나를 얻음과 동시에 남을 얻는 데 있는 것이라는 말.

✱ 나만 못한 사람과는 벗하지 말라.

사람은 친구를 통해 많은 것을 배우게 되므로 나보다 못한 친구와는 사귀지 말라는 말.

✱ 나 먹자니 싫고 남 주자니 아깝다.

자신에게 아무 쓸모가 없는 것조차 남에게 주기는 아까와하는 인색함을 두고 하는 말.

✱ 나무가 커야 그늘도 크다.

논밭이 넓어야 수확도 많다는 말.

✱ 나무 끝가지가 너무 크면 부러지게 되고 꼬리가 너무 길면 흔들지를 못한다.

기초에 비해 기둥이 지나치게 커서 균형을 잃게 되면 망한다는 말.

✱ 나무는 먹줄을 받아야 곧아지고 사람은 충고를 받아야 거룩하게 된다.

나무도 먹줄을 놓고 다듬어야 곧아지듯이 사람도 남의 충고를 잘 받아들여야 올바른 사람이 될 수 있다는 말.

✱ 나무는 큰 나무 덕을 못봐도 사람은 큰사람 덕을 본다.

큰 나무는 그늘이 그만큼 크기 때문에 그 옆의 작은 나무들이 빚을 못보아 손해를 입지만 사람은 훌륭한 사람이 있으면 주위 사람들이 여러 모로 그 덕을 입게 된다는 뜻.

✱ **나무도 옮겨 심으면 삼 년은 뿌리를 앓는다.**

나무도 옮겨 심으면 뿌리를 내리기까지 오랜 시일이 걸리듯이 사람도 직장을 옮기면 성공하기까지 오랜 시일이 걸린다는 말.

✱ **나무 뚝배기가 쇠양푼 될까?**

천성적인 것은 변질시키기가 어렵다는 말.

✱ **나무에 오르라고 해놓고 흔든다.**

가만히 있는 사람을 꾀어서 어떤 일을 하게 해놓고는 나중에 가서 불행하게 만든다는 말.

✱ **나무에 잘 오르는 놈은 떨어져 죽고 헤엄 잘 치는 놈은 빠져 죽는다.**

그 방면에 능숙한 사람은 제 재주만 믿고 방심하다가 실수하는 수가 많다는 말.

✱ **나뭇 잎이 푸르다고 해도 시어머니처럼 푸르랴?**

몹시 혹독한 시어머니를 두고 하는 말.

✱ **나 부를 노래를 사돈이 부른다.**

내가 할 말을 상대방이 오히려 먼저 한다는 뜻.

✱ **나쁜 사람도 나이가 들면 좋아진다.**

나쁜 행실을 하던 사람도 나이가 들면 제 잘못을 뉘우치고 착하게 된다는 뜻.

✱ **나쁜 소도 좋은 송아지를 낳는다.**

못난 부모 밑에서도 잘난 자식이 난다는 말.

✱ **나쁜 소문은 날아가고 좋은 소문은 기어간다.**

나쁜 소문은 금방 퍼져도 좋은 소문은 잘 퍼지지 않는다는 말.

✽ **나쁜 아비도 나쁜 자식은 원하지 않는다.**

제아무리 나쁜 사람이라 하더라도 자식만은 좋은 사람이 되길 바란다는 말.

✽ **나쁜 풀이 빨리 자란다.**

잡초가 빨리 자라듯이 나쁜 행동은 쉽게 배우게 된다는 뜻.

✽ **나 싫은 것은 남도 싫어한다.**

내가 하기 싫은 것은 남이라고 좋아할 리가 없으므로 자기가 하지싫은 일을 남에게 시켜서는 안된다는 말.

✽ **나에게 알랑거리는 사람은 나의 적이다.**

내가 잘못을 저질렀을 때에도 충고하지 않고 좋은 말만 하는 사람은 나를 병들게 하므로 결국 적과 마찬가지라는 말.

✽ **나올 적에 봤으면 짚신짝으로 틀어나 막았지.**

다른 사람들을 위해서라도 차라리 태어나지 않은 것이 나을 정도로 나쁜 사람이라는 말.

✽ **나의 잘못을 말해 주는 사람은 나의 스승이다.**

나의 나쁜 행실을 꾸짖어 줄줄도 아는 사람은 나를 좋은 길로 인도하는 사람이므로 곧 스승과 같다는 말.

✽ **나이가 원수다.**

나이가 들어 몸도 허약해지고 쓸모없는 사람이 되었다는 말.

✽ **나이 이길 장사 없다.**

제아무리 힘이 좋고 기력이 왕성한 사람이라도 한번 나이를 먹어 노쇠하여지면 어찌할 수 없이 기력과 힘이 약해진다는 뜻.

✽ **나이 많은 말이 콩 마다할까?**

말이 늙었다고 해서 젊었을 때 좋아하던 콩을 싫어할 리가 없듯이 사람도 나이가 들어 늙었어도 젊었을 때 좋아하던

56

것은 여전히 좋아한다는 뜻.

❋ 나이 적은 할아버지는 있어도 나이 적은 형은 없다.
나이는 어리지만 항렬이 높아서 촌수로 할아버지 뻘 되는 사람은 있지만 형제는 나이 순서로 정하는 것이므로 나이 적은 형은 있을 수 없다는 말.

❋ 나중에는 삼수 갑산을 갈지라도.
훗날 어떠한 어려운 처지에 이를지라도 지금 하고 싶은 일은 우선 하고 보겠다는 말.

❋ 나중에 보자는 놈치고 무서운 놈 없다.
화가 났을 때 화풀이를 하지 말고 벼르기만 하는 사람은 뒤끝이 없어서 무섭지 않다는 말.

❋ 낙동강 오리알 신세다.
이 넓디 넓은 세상에 의지할 곳 하나 없는 외로운 신세라는 말.

❋ 낙동강 잉어가 뛰니 안방 빗자루도 뛴다.
자기의 분수도 파악하지 못한 채 남이 한다고 덩달아 따라 하는 사람을 두고 하는 말.

❋ 낙락장송도 근본은 솔 씨다.
훌륭한 인물이 된 사람도 근본은 평범한 사람과 같았으나 노력해서 얻은 결과라는 말.

❋ 낙수물이 댓돌을 뚫는다.
조금씩 떨어지는 물이 나중에는 댓돌을 뚫는 것과 같이 조그마한 힘이라도 인내를 가지고 계속 노력하면 성공을 할 수 있다는 말.

❋ 낚시 밥은 작아도 큰 고기만 잡는다.
적은 자본으로 큰 이득을 보게 되었다는 뜻.

❋ 낙엽도 가을이 한철이다.

기회는 언제나 있는 것이 아니라 모든 일에는 시기가 있다
는 말.

✽ 낙태한 고양이 상이다.

얼굴을 잔뜩 찌푸리고 있는 것을 두고 하는 말.

✽ 난 부자 든 거지다.

남들이 보기에는 부자처럼 보이나 실제로는 몹시 가난하다
는 뜻.

✽ 난장이가 씨름 구경하듯 한다.

난장이가 키 큰 사람들 뒤에 서서 씨름 구경을 하듯이 제
처지도 생각지 않고 헛수고만 한다는 말.

✽ 날개 부서진 매다.

사납던 매도 날개를 잃으면 활동력을 상실하듯이 권세가
당당하던 사람이 권세를 잃어버렸다는 뜻.

✽ 날고기 보고 침 안 뱉는 이 없고 익은 고기 보고 침 안 삼
키는 이 없다.

처음에는 보기 흉해 싫어하던 것도 좋게 만들어 놓으면 서
로 탐낸다는 말.

✽ 날랜 장수 목 베는 칼은 있어도 윤기 베는 칼은 없다.

사람의 인륜에 대한 관계는 어떠한 힘으로도 끊을 수 없다
는 뜻.

✽ 날면 기는 것이 능하지 못하다.

사람은 누구나 잘하는 것이 있으면 못하는 것도 있게 마련
이라는 말.

✽ 날 받아 놓고 죽는 사람 없다.

자기가 언제 죽을지 아는 사람은 아무도 없다는 말.

✽ 날 새운 호랑이가 원님을 알아볼까?

굶주린 호랑이는 이것저것 따지지 않고 잡아먹듯이 사람

역시 굶주리게 되면 염치나 체면을 차리지 않게 된다는 뜻.

✽ 날 잡아 잡수 한다.

죽이든지 살리든지 마음대로 하라는 듯이 침묵으로 반항한 다는 말.

✽ 날 저문 나그네 길 가듯 한다.

어떤 일을 몹시 급하게 서두르며 하는 것을 두고 이르는 말.

✽ 낡은 섬이 곡식은 많이 든다.

섬이 낡은 것일수록 늘어나 곡식이 많이 들듯이 나이 든 사 람이 식사하는 량은 더 많다는 뜻.

✽ 남대문 입납이다.

편지의 주소란에다 남대문 안이라고만 적어 보냈으니 그 편지가 주인을 찾아갈 리가 없듯이 간 곳이 불분명하여 행 방이 묘연한 경우에 쓰는 말.

✽ 남 못 하게 하고 잘 되는 놈 못 봤다.

남에게 몹쓸 짓을 한 사람치고 잘 되는 경우가 드물다는 말.

✽ 남산골 딸깍발이다.

옛날 남산골에 살던 가난한 선비들이 비가 오지 않은 날에 도 신이 없어 비올 때 신는 나막신을 신고 딸깍 소리를 내 며 다니듯이 몹시 궁색한 차림새를 하고 다니는 사람을 가 리켜 하는 말.

✽ 남산골 샌님이 역적 바라듯.

자신이 어려운 처지에 놓여 있으면서 항상 불만에 차서 무 엇인가 일이 잘못되기를 바란다는 뜻.

✽ 남산에서 돌을 굴리면 김씨집 아니면 이씨집에 들어간다.

성씨 중에는 김씨와 이씨가 가장 많은 데서 비롯된 말.

✽ 남생이 등 맞추듯 한다.

서로 걸맞지 않는 것을 억지로 대본다는 뜻.

✳ 남 안 되는 것을 저 잘 되는 것보다 좋아한다.

시기심이 많아 남이 잘되는 꼴을 도저히 못보는 사람을 두고 하는 말.

✳ 남은 비지를 먹어도 끼 에워 먹는다.

남이 볼 때에는 비록 하찮게 보이는 것일지라도 자기에게 있어서는 매우 소중한 역할을 하는 것이라는 말.

✳ 남은 속일 수 있어도 저는 속이지 못한다.

비록 남은 속일 수 있을지 몰라도 자기 자신만은 속일 수 없는 것이므로 양심에 추호라도 어긋나는 일은 해서는 안 된다는 뜻.

✳ 남을 도와 주었다고 은인인 체하지 말라.

남에게 은혜를 베풀었을 때는 그것 자체로 만족을 해야지 은인인 것을 내세우거나 은혜를 되갚아 주기를 바라서는 안된다는 말.

✳ 남을 물에 넣으려면 저 먼저 물에 들어가야 한다.

남을 해치려 하다가 오히려 자신이 먼저 해를 입게 된다는 뜻.

✳ 남을 아는 사람은 지혜로운 사람이며 자신을 아는 사람은 더욱 명철한 사람이다.

남을 알기는 쉬워도 자신을 안다는 것은 매우 어려운 일이라는 말.

✳ 남을 이기기 좋아하는 사람은 반드시 적을 만나게 된다.

남에게 양보하려 하지는 않고 어떻게 해서든지 이기기를 좋아하는 사람은 다툴 일도 많기 때문에 적도 많기 마련이라는 말.

✳ 남아일언 중천금.

모름지기 남자의 말 한 마디는 천금과 같이 무겁다는 뜻.

따라서 남자는 언제나 말을 심사숙고 하여야 하고, 일단 한
번 입밖에 뱉은 말이면 끝까지 그 말에 대한 책임을 져야
한다는 말.

✤ 남의 거짓말이 내 거짓말로 된다.

남의 말을 생각도 없이 함부로 다른 사람에게 얘기하다가
는 자신도 잘못을 짓게 된다는 말.

✤ 남의 것을 탐내는 놈이 제 것은 더 아낀다.

남의 것을 탐내는 사람일수록 자기 것은 남이 쳐다보지도
못할 정도로 소중하게 아낀다는 말.

✤ 남의 것이라면 거저 먹으려고 한다.

공것으로 얻는 것을 몹시 좋아하는 사람을 두고 하는 말.

✤ 남의 눈 속의 티만 보지 말고 자기 눈 속의 대들보를 보
랬다.

남의 작은 허물만 나무라지 말고 자신이 지닌 큰 허물을 알
아내 고치라는 말.

✤ 남의 눈에 눈물을 내면 내 눈에서는 피가 난다.

남에게 조그만 해를 입혀도 자신에게 돌아오는 해는 엄청
나다는 말.

✤ 남의 다리를 긁는다.

괜히 남 좋은 일만 해주었다는 말.

✤ 남의 떡은 더 커보인다.

자기 것보다도 남의 것이 훨씬 더 좋아 보인다는 말.

✤ 남의 떡에 설 쇤다.

남의 수고로 이루어진 일로 인하여 자기가 이익을 보게 되
었을 때를 두고 하는 말.

✤ 남의 돈 한 냥이 내 돈 한 푼만 못하다.

남의 재산이 아무리 많다 하더라도 적은 내 재산만 못하다

는 말.

✻ 남의 등은 봐도 제 등은 못 본다.

남의 허물은 보기 쉬워도 제 허물은 보기 어렵다는 말.

✻ 남의 말을 내가 하면 남도 내 말을 한다.

내가 만일 남을 욕하게 되면 상대방도 역시 내 욕을 하게 되므로 남의 욕은 하지 않아야 된다는 뜻.

✻ 남의 발에 신들메한다.

자기 일을 한다는 것이 결과적으로는 남 좋은 일만 해주고 말았다는 말.

✻ 남의 밥 보고 시래깃국 끓인다.

남은 줄 생각도 않고 있는데 미리 기대하고 있다는 뜻.

✻ 남의 복은 끌로도 못 판다.

복은 하늘로부터 타고 나는 것이므로 아무리 시기심이 강하다 해도 남의 복을 없앨 수는 없다는 말.

✻ 남의 빚 보증 서는 자식은 낳지도 말랬다.

남의 빚을 보증 서는 것은 대단히 위험한 일이므로 절대로 해서는 안된다는 말.

✻ 남의 사정 다 보다가는 집안에 시아버지가 열 둘이 모인다.

여자가 마음이 약해 뭇남자들의 사정을 다 봐주다가는 결국 집안이 엉망이 되고 만다는 말.

✻ 남의 상에 감 놓아라 배 놓아라 한다.

괜히 남의 일에 이러쿵 저러쿵 말이 많다는 말.

✻ 남의 서방은 데리고 살아도 남의 자식을 데리고는 못산다.

후처(後妻)로 들어가서 전실 자식을 키우는 일은 매우 어려운 일이라는 말.

✻ 남의 소가 들고 뛰는 건 구경거리다.

남의 불행도 자기와 아무런 이해관계가 없는 것일 때는 흥미있는 구경거리가 된다는 말.

✱ **남의 손에 코 푼다.**

제 힘은 들이지 않고 남의 덕만 본다는 뜻.

✱ **남의 아이 한 번 때리나 열 번 때리나 때렸단 말 듣기는 매한가지다.**

잘못은 많이 하든지 적게 하든지 어쨌든 한 것이므로 잘못했다는 말을 듣기는 마찬가지라는 말.

✱ **남의 염병이 내 고뿔만 못하다.**

누구에게나 자신에게 닥친 불행이 남의 엄청난 불행보다 절박하게 느껴지게 장

✱ **남의 일은 오뉴월에도 손이 시리다.**

자기에게 아무런 이익도 되지 않고 남에게만 이익이 되는 일을 해주는 것은 결코 하기 싫다는 말.

✱ **남의 일이라면 발 벗고 나선다.**

자기와는 결코 무관한 남의 일도 마치 자기 일마냥 적극적으로 나서서 도와 준다는 뜻.

✱ **남의 자식 흉보면 제 자식도 그 아이 닮는다.**

내가 남을 나쁘게 말하면 남도 나를 나쁘게 말하게 되므로 절대로 남을 나쁘게 말하거나 흉을 보지 말라는 말.

✱ **남의 흉 보고 제 흉 고치랬다.**

남에게 허물이 있거든 그것을 거울삼아 자신을 반성하며 자기의 결점을 먼저 고치라는 뜻.

✱ **남의 흉은 홍두깨로 보이고 제 흉은 바늘로 보인다.**

남의 허물은 크게 잘못된 것으로 보이고 자신의 허물은 하찮은 것으로 보인다는 말.

✱ **남의 흉이 제 흉이다.**

남의 잘못은 결국 자신에게도 있는 잘못일 경우가 많으므
로 남을 탓하기에 앞서 자신의 잘못을 고치라는 뜻.

✽ **남이 내 상전 무서워할까?**

자신에게 영향력을 행사 할 수 없는 사람이면 제 아무리 높
은 권력을 가졌더라도 두려움의 대상이 못된다는 말.

✽ **남이 내 얼굴에 뱉은 침은 저절로 마르게 두랬다.**

상대방에게 수모를 당했더라도 참고 견디면 자연히 해명이
된다는 뜻.

✽ **남이 하나를 하면 나는 백을 하라.**

남보다 백 배나 더 열심히 노력하라는 뜻.

✽ **남이 하는 일은 나도 한다.**

남이 하는 일이면 나도 노력만 한다면 할 수 있다는 뜻.

✽ **남 임 보고 내 임 보면 안 나던 생각도 절로 난다.**

자기 남편만 보고 있을 때는 아무런 불만이 없던 것도 남의
남편을 보고 비교하게 되면 저절로 불만이 생기게 마련이
라는 말.

✽ **남자가 부뚜막 살림을 걱정하면 계집을 못 거느린다.**

남자가 여자의 고유한 권한까지 사사건건 참견하게 되면
함께 살 여자가 없다는 말.

✽ **남자가 앓으면 집안이 망하고 여자가 앓으면 살림이 안된
다.**

남자가 병이 나서 눕게 되면 수입이 없어지므로 집이 기울
게 되고 여자가 자주 앓게 되면 집안 살림이 엉망이 되기
때문에 집안 식구가 모두 건강해야 살림이 정상적으로 될
수 있다는 뜻.

✽ **남자가 여자에게 눌리면 집안이 안 된다.**

남자가 줏대가 없어 여자에게 눌리면 가정의 기강이 제대

로 잡히지 않는다는 뜻.

✽ 남자는 거짓말 세 자루는 가지고 다녀야 한다.

남자가 출세를 하기 위해서는 어느 정도의 거짓말도 필요하다는 뜻.

✽ 남자는 남 모르게 두 번 웃는다.

부인이 일찍 죽은 남자는 또 한 번 장가갈 수 있다는 생각에 남 몰래 웃게 되고 재혼해서는 좋아서 또 웃게 된다는 뜻.

✽ 남자는 마음이 늙고 여자는 얼굴이 늙는다.

남자는 마음이 먼저 늙는데 비해 여자는 얼굴이 먼저 늙는다는 말.

✽ 남자는 배짱이요 여자는 절개다.

남자가 성공하려면 두둑한 배짱이 있어야 하고, 여자는 무엇보다도 절개를 소중히 여겨야 한다는 말.

✽ 남자 닮은 여자는 없어도 여자 닮은 남자는 있다.

남자처럼 강인한 여자는 드물어도 여자 같이 온순한 남자는 있다는 뜻.

✽ 남자의 원수는 술과 계집이다.

남자들은 대부분 술과 여자 때문에 몸을 버리기 쉬우므로 술과 여자를 경계해야 한다는 뜻.

✽ 남태령 등짐장수 봇짐 들어올리듯 한다.

몹시 어려운 일을 힘겹게 하는 모습을 보고 하는 말로, 흔히 어려움을 겪고 있는 모습이 측은할 때 하는 말.

✽ 남편 밥은 누워 먹고 아들 밥은 앉아 먹고 딸의 밥은 서서 먹는다.

남편에게 의지해서 살 때는 편안한 마음으로 살지만 아들에게 의지해서 살 때는 남편에게 의지해서 살 때보다는 부담스럽고 딸에게 의지해서 살 때는 밥도 편안히 못 먹을 정도로 부담스럽다는 뜻.

✳ 남편 복이 없으면 자식 복도 없다.

남편을 잘못 만나면 자식 교육도 제대로 될 리가 없으므로 자식까지 잘못되어 결국 자식 복도 기대하기 어렵다는 말.

✳ 남편은 귀머거리가 돼야 하고 아내는 장님이 돼야 부부가 잘 산다.

어려운 시집살이에서는 남편은 들어도 못 들은 척하고 여자는 보고도 못 본 척 하고 살아야 가정의 화목을 유지하며 살 수 있다는 뜻.

✳ 남편은 두레박이요 아내는 항아리다.

남편은 두레박으로 물을 길어 올리듯이 돈을 계속해서 벌어와야 하고 아내는 길어 온 물을 항아리에 채우듯이 남편이 벌어온 돈을 차곡차곡 모아야 한다는 말.

✳ 낫 놓고 기역자도 모른다.

기역자와 비슷하게 생긴 낫을 놓고도 기역자를 모르는 일자 무식이라는 말.

✳ 낭떠러지 직전에서 말을 세우는 모험이다.

대단히 위험한 모험을 할 때 쓰는 말.

✳ 낮 말은 새가 듣고 밤 말은 쥐가 듣는다.

아무도 없는 곳에서 한 말이라도 퍼져 나가기 마련이므로 말을 할 때는 항상 조심해야 한다는 뜻.

✳ 낮에 나서 밤에 자란 놈 같다.

답답하고 한심한 짓만 저지르는 사람이라는 말.

✳ 낮에는 눈이 있고 밤에는 귀가 있다.

비밀은 퍼지기 마련이므로 언제나 말을 조심하라는 뜻.

✳ 낳은 정 기른 정 다 들었다.

온갖 고초를 다 겪으면서도 자식을 끝까지 키워놓은 어머니의 마음을 나타내는 말.

✽ **내가 중이 되니 고기가 천하다.**
제아무리 귀하고 값비싼 것일지라도 자기에게 필요하지 않게 되면 흔한 것이 된다는 말.

✽ **내 건너간 놈 지팡이 팽개치듯 한다.**
냇물을 건널 때는 지팡이가 필요하므로 요긴하게 잘 썼지만 건너고 나자 필요가 없게 되므로 내 던져 버리듯이 사람도 자기가 필요할 때는 가까이 했다가 아무 소용이 없어지면 인연을 끊어버린다는 뜻.

✽ **내 것도 내 것이고 네 것도 내것이다.**
욕심 많은 사람이 제 것은 물론 남의 것도 마치 제 것인양 쓴다는 말.

✽ **내 돈 서 푼만 알지 남의 돈 칠 푼은 모른다.**
자기 것만 아까운 줄 알고 남의 것은 소중한 줄을 모르는 사람을 두고 하는 말.

✽ **내 돈이 있어야 세상 인심도 좋다.**
내가 잘 살고 보아야 남들도 나에게 대우를 잘 해준다는 뜻.

✽ **내리 사랑은 있어도 치 사랑은 없다.**
웃 사람이 아랫 사람을 사랑하는 경우는 많아도 아랫 사람이 웃 사람을 사랑하는 경우는 드물다는 뜻.

✽ **내 마신 고양이 상이다.**
연기 마신 고양이가 인상을 잔뜩 찌푸리고 있듯이 갖은 인상을 찡그리고 있는 사람을 두고 하는 말.

✽ **내 몸이 높아지면 아래를 살펴야 한다.**
높은 관직에 올랐을 때일수록 민심을 잘 살펴야 그 자리를 오래 유지할 수 있다는 말.

✳ 내 몸이 중이면 중 노릇을 해야 한다.
　사람은 각자 맡은 바 직분에 충실해야 한다는 뜻.

✳ 내 밑 들어 남 보이기.
　스스로 잘못하여 자기의 결점을 남에게 드러내어 보인다는
　뜻.

✳ 내 발등의 불을 꺼야 아비 발등의 불도 끈다.
　사람은 누구나 다 급한 상황에 처하게 되면 가장 소중한 부
　모의 일 보다도 자기의 일을 먼저 하게 된다는 말.

✳ 내 배 부르니 평안 감사가 조카 같다.
　배가 부르니 세도가 있는 평안 감사 조차 부럽지 않듯이 사
　람에게 먹는 것이 제일이라는 말.

✳ 내외간 싸움은 칼로 물 베기다.
　부부간의 싸움은 칼로 물을 베면 아무 흔적도 없듯이 금방
　풀어지게 마련이라는 말.

✳ 내일은 서쪽에서 해가 뜨겠다.
　생각지도 않던 놀라운 일이 벌어졌을 때를 두고 하는 말.

✳ 내 장 한번 더 떠먹은 놈이 내 흉 한 마디 더 본다.
　나의 도움을 받은 사람이 오히려 나의 흉을 더 본다는 말.

✳ 내친 걸음이다.
　한번 일을 벌여 놓았으면 결과가 있을 때까지 해야 한다는
　말.

✳ 내친 걸음이요 열어 놓은 뚜껑이다.
　이왕 벌여 놓은 일이라면 성과를 얻을 때까지 밀고 나가야
　한다는 뜻.

✳ 내 코가 석자나 빠졌다.
　내 일이 하도 급해 남을 도와 줄 처지가 못된다는 말.

✳ 내 칼도 남의 칼집에 들면 찾기가 어렵다.

무슨 물건이든 자기 것이 한 번 남의 손에 들어가면 다시 되찾기 어렵다는 말.

✱ 냉수 먹고 속 차려라.

어리석은 짓을 한 사람에게 정신을 똑바로 차리라고 하는 말.

✱ 너구리 굴 보고 피물 돈 쓴다.

너구리를 직접 잡은 것도 아니고 다만 그냥 보기만 하고서도 이미 너구리를 다 잡기라도 한 듯이 너구리 가죽 값을 미리 받아 쓰는 사라머럼 일을 시작도 하기 전에 선돈부터 받아 쓴다는 말.

✱ 너구리 굴에서 여우 잡는다.

겉에서 보고 상상했던 것보다 실제가 더 크고 알차다는 말.

✱ 너는 용빼는 재주라도 있나?

그다지 잘나지도 못한 주제에 다른 사람이 해놓은 일만 못마땅하게 여기는 사람을 가리켜 비아냥거리는 말.

✱ 너하고 나하고의 원수는 중매장이다.

사이가 매우 나쁜 부부가 둘을 맺어준 중매장이를 원망한다는 말.

✱ 넉 달 가뭄에도 하루만 더 개었으면 한다.

남은 불행하게 되더라도 제 실속만 차리려고 한다는 뜻.

✱ 넋이야 있든 없든 무관하다.

죽은 후의 일이야 어찌됐든 상관이 없다는 뜻.

✱ 널 멘 사람은 앞밖에 못 본다.

널을 등에 멘 사람은 뒤는 돌아보지 못하고 앞 밖에 못 보듯이 어떤 일을 하는데 있어서 이미 지나간 일은 생각하지 않고 앞일만을 생각하고 있다는 말.

✱ 널 짜는 목수는 사람 죽기만 바란다.

자기에게 이익이 돌아오는 일이라면 남의 불행도 생각하지
않는다는 뜻.

✽ 넓은 세상을 좁게 산다.

넓은 시야를 지니지 못하고 짧은 안목으로 산다는 말.

✽ 넘겨짚다 팔 부러진다.

어떤 일을 짐작으로만 처리하다가는 큰 실수를 할 때가 있
을 것이라는 말.

✽ 넘어져도 떡 광주리에만 넘어진다.

운이 따르는 사람은 나쁜 일도 자기에게 유리한 쪽으로 해
결된다는 뜻.

✽ 넘어진 김에 똥이나 눈다.

자신에게 불리한 조건을 도리어 유리하게 이용한다는 뜻.

✽ 넙치가 눈은 작아도 저 먹을 것은 다 본다.

아무리 못난 사람이라도 제 실속은 다 차린다는 뜻.

✽ 네가 잘나 일색인가 내 눈이 반해서 일색이지.

아무리 잘 생긴 미인이라도 남이 예쁘게 봐줘야 미인이라
는 뜻.

✽ 네 콩이 크니 내 콩이 크니 한다.

서로 비슷 비슷한 것을 가지고 서로가 잘났다고 다투는 속
좁은 사람을 가리켜 하는 말.

✽ 노갑이을(怒甲移乙).

갑으로 인하여 노하게 된 것을 을에게 화풀이 한다는 말.
즉, 엉뚱한 곳에다 화풀이를 하는 사람을 두고 하는 말.

✽ 노는 입에 염불하기다.

가만히 입을 놀리는 것보다는 염불이라도 외는 것이 낫듯
이 가만히 앉아 놀고 있는 것보다는 무슨 일이든지 하는 것
이 낫다는 뜻.

✻ 노랑 병아리는 다 제 것이라고 한다.

욕심이 많은 사람은 비슷하게 생긴 것만 보아도 다 자기 것이라고 우긴다는 뜻.

✻ 노래 한 곡조로 긴 밤 새운다.

하찮은 일을 가지고 시간만 오래 소비한다는 뜻.

✻ 노루 때리던 막대.

어쩌다가 우연히 한 번 노루를 때려잡게 된 막대기를 가지고 항상 이것만 가지면 노루를 잡을 수 있다고 생각한다는 말. 즉, 요행수에 불과했던 지난 날의 쓸모없는 방법을 가지고 지금에 와서도 써먹으려고 하는 사람을 보고 비꼬아 하는 말.

✻ 노루 때려잡은 막대기 삼 년을 두고 우려 먹는다.

노루를 때려 잡던 막대기에 붙은 노루 고기를 삼년 동안이나 두고 두고 우려 먹듯이 한 번 한 일을 두고 두고 계속 한다는 말.

✻ 노루를 피하니 범이 나온다.

한 가지 고난을 피하고 나니까 더 어려운 고난이 닥쳐온다는 뜻.

✻ 노루를 쫓는 사람은 산 험한 것을 가리지 않는다.

목적한 일을 성사시키기 위해서는 어떠한 어려움이 뒤따른다 해도 감수해 낸다는 뜻.

✻ 노름 뒤는 대도 먹는 뒤는 안 댄다.

노름은 더러 딸 때도 있으니 노름 돈은 대줄 수도 있지만 가난한 사람에게는 돈을 대 주어봐야 끝이 없으므로 가난한 사람을 먹여 살리는 일은 그만큼 힘들다는 말.

✻ 노름에 미치면 아내도 팔아 먹는다.

노름에 한번 빠진 사람은 어떤 나쁜 짓을 해서라도 노름돈을 마련하려고 발버둥친다는 말.

✱ 노름은 따도 하고 잃어도 한다.

노름은 따면 신명이 나서 더 하게 되고 잃으면 약이 올라서 딸 때까지 계속하게 되므로 노름에 한번 미치게 되면 헤어 나오기 어렵다는 뜻.

✱ 노병엔 약도 없다.

나이가 들어 생기는 노쇠병에는 약도 제대로 듣지 않는다 는 뜻.

✱ 노여움은 사랑에서 나고 꾸지람은 정에서 난다.

사랑을 하다 보면 노여운 일이 생기는 적도 있지만 꾸지람 을 자꾸 하다 보면 정도 들기가 쉽다는 말.

✱ 노여워할 때 노여워하지 않으면 간신이 일어나게 된다.

화를 낼 때는 화를 내야지 화를 내야할 때 화를 내지 않고 그대로 두면 바보로 취급하여 간사한 짓을 저지르는 사람 이 생기게 된다는 뜻.

✱ 노인 말 그른 데 없고 어린 아이말 거짓 없다.

노인들의 말은 오랜 동안의 경험을 통해 나온 말이므로 그 른 말이 거의 없고 어린이들은 천진무구하므로 거짓말을 하는 법이 없다는 뜻.

✱ 노인 부랑한 것, 어린애 입잰 것.

아무리 생각해 보아도 쓸모없는 것을 가리켜 하는 말.

✱ 노적가리 불 붙는 줄 모르고 쌀독 뒤의 쌀 알만 줍는다.

큰 손해를 당하는 것은 모르고 작은 것에만 너무 연연해 한 다는 말.

✱ 노장은 병담을 아니 하고 양고는 심장한다.

싸움에 익숙한 장군은 무용담에 대한 이야기를 함부로 하 지 않으며, 뛰어난 장사꾼은 훌륭한 물건일수록 깊이 감추

어 둔다는 말. 즉, 학식이 뛰어난 사람이나 인품이 탁월한
사람은 결코 자신이 가진 지식이나 능력을 겉으로 드러내
보이지 않는다는 뜻.

✱ 노처녀가 시집을 가려니까 등창이 난다.

나이 들어 겨우 짝을 만나 시집을 가려고 하니 등창이 나서
못 가게 되었듯이 오랫만에 좋은 일이 생기는가 했더니 그
일에 대한 장애가 생긴다는 뜻.

✱ 녹은 쇠에서 생겨서 쇠를 먹는다.

쇠에서 생긴 녹이 쇠를 좀먹듯이 같은 혈족끼리 다투어 모
두가 해를 입게 된다는 말.

✱ 논 팔아 굿하니 맏며느리 춤춘다.

상황이 하도 급해 논을 팔아 굿을 하면 딱한 사정을 가슴아
파해야 할 맏며느리가 도리어 신이 나서 날뛰듯이 사정도
모르고 날뛰는 얄미운 사람이라는 말.

✱ 놀고 먹는 놈은 제 복이다.

일을 하지 않고도 편안히 먹을 수 있는 사람은 타고난 복이
있는 사람이라는 뜻.

✱ 놀던 계집이 결판 나도 엉덩이 짓 남는다.

나쁜 습성은 한번 혼줄이 나도 없어지지 않는다는 뜻.

✱ 농담 끝에 초상난다.

농담으로 한 말이 화근이 되어 큰 싸움까지 일어나게 된다
는 말.

✱ 농사는 천하의 대본이다.

옛날 농본주의 사회에 있어서는 농업이 모든 산업 중에 가
장 중요한 산업이라는 뜻.

✱ 농사 일은 머슴에게 물어 보고 길쌈질은 계집 종에게 물
어서 하라.

무슨 일이든 그 일에 대한 전문가에게 물어 보고 해야 실수
가 없다는 말.

✽ 놓친 고기가 더 커 보인다.
잡은 고기보다 한번 잡았다가 놓친 고기가 더 커보이듯이
누구나 잃어버린 것에 대해서는 미련을 가지게 마련이라는
뜻.

✽ 누이 좋고 매부 좋다.
한 가지 일이 누구에게나 다 좋은 결과를 가져다 주는 일이
라는 뜻.

✽ 눈 가리고 아웅한다.
잔꾀로 남을 속이려고 해 보았자 상대방이 속아 넘어가지
않는다는 말.

✽ 눈도 풍년이요 입도 풍년이다.
물건도 많고 돈도 많아 풍요로운 생활을 한다는 뜻.

✽ 눈 먼 강아지 젖 탐내듯 한다.
눈 먼 강아지가 무턱대고 젖을 탐하듯이 어떤 일을 할 때
자기 능력 이상의 짓을 하는 사람을 두고 하는 말.

✽ 눈 안의 가시 같은 놈이다.
눈 안의 가시처럼 자기에게 해로운 존재라는 뜻.

✽ 눈 어둡다더니 다홍고추만 잘 딴다.
남의 일을 하라고 하면 핑계를 대고 안하는 사람이라도 자
기의 잘한다는 뜻.

✽ 눈 온 뒷날은 거지가 빨래한다.
눈이 내린 다음에는 겨울 날씨답지 않게 날씨가 매우 푸근
하다는 말.

✽ 눈 온 산 양달 토끼는 굶어죽어도 응달 토끼는 산다.
눈이 오면 양달에 있는 토끼는 반대편의 응달만 보이므로

가만히 있지만 응달에 있는 토끼는 반대편의 양달만 보이
므로 눈이 녹자마자 먹이를 찾아 나서게 되는 것처럼 어려
운 처지에 있는 사람이 좋은 처지에 있는 사람보다 더 적극
적으로 일을 한다는 뜻.

✳ 눈으로 안 보는 것이 약이다.
세상을 살다보면 별난 일이 많으므로 차라리 보지 않는 것
이 속이 편하다는 뜻.

✳ 눈은 뜨고 입은 다물어야 한다.
보는 것은 많이 보되 말은 되도록 삼가해서 해야 한다는 뜻.

✳ 눈은 풍년이나 입은 흉년이다.
눈에 보이는 것은 많아도 자기 입에 들어오는 것은 없듯이
구경할 것은 많아도 실속은 없다는 뜻.

✳ 눈 찌를 막대기는 누구 앞에나 있다.
불행은 언제 닥칠지 모르는 것이므로 항상 조심하라는 뜻.

✳ 눈치가 빠르면 절에 가도 젓국을 얻어 먹는다.
능력있고 수단이 좋은 사람은 겉으로 드러내 놓고 할 수 없
는 일도 뒷전에서 잘 처리할 수 있다는 뜻.

✳ 눈치 코치만 남았다.
눈치가 빨라 돌아가는 상황을 잘 판단한다는 뜻.

✳ 느린 걸음이 잰 걸음.
어떠한 일을 진행해 나감에 있어서 그 일을 천천히 정확하
게 하는 것이 급하게 서두르다 실수를 하는 것보다 결과적
으로 빨리 하는 것이 된다는 말.

✳ 느린 소도 성낼 적이 있다.
성격이 유순하고 느긋한 사람이라 하더라도 때에 따라서는
성을 내는 경우가 있으며, 유순한 사람이 한 번 성을 내게
되면 더 무섭다는 뜻.

✽ 느릿느릿 걸어도 황소 걸음이다.
  황소처럼 느리게 걸어도 보폭이 넓으면 빨리 갈 수 있다는
  말.

✽ 늙고 병들면 귀신 밖에 찾아오지 않는다.
  늙고 병이 들면 죽는 일밖에 남지 않았다는 말.

✽ 늙어도 소승이요 젊어도 소승이다.
  중은 늙으나 젊으나 자신은 소승이라 하듯이 늙으나 젊으
  나 아무런 변화가 없다는 뜻.

✽ 늙은 개는 함부로 짖지 않는다.
  나이가 든 사람은 경험이 많으므로 함부로 행동하지 않는
  다는 말.

✽ 늙은이 망령은 고기로 달래고 아전 망령은 돈으로 달랜다.
  늙은이는 맛있는 음식을 주어야 노망을 부리지 않고 아전
  은 뇌물을 바쳐야 괴롭히지 않는다는 말.

✽ 늙은이 잘못하면 노망으로 치고 젊은이 잘못하면 철없는
  것으로 친다.
  늙은이가 잘못하면 노망이 들어서 그러려니 하고 어린 사
  람이 잘못하면 철이 없어서 그러려니 하고 생각하듯이 일
  반적인 원인으로 해석하고 이해한다는 뜻.

✽ 늙은 처녀 뒷박 내던진다.
  시집 못 간 노처녀가 그 화풀이를 애꿎은 뒷박에게 하듯이
  죄없는 엉뚱한 사람에게 화풀이를 한다는 뜻.

✽ 늙은 처녀 시집가기 싫어서 안가나?
  노처녀는 시집을 가기 싫어서 안가는 것이 아니라 짝이 없
  어서 못가듯이 어떤 일을 안하는 것이 아니라 못 하는 것이
  라는 말.

✽ 늙을수록 마음은 젊어진다.

몸은 늙었어도 마음만은 젊은 시절의 그대로라는 뜻.

✱ 능다리 숭앗대 같다.

햇볕을 못 본 숭앗대처럼 힘이 없이 시들시들하다는 뜻.

✱ 늦참봉을 하니까 한 달에 거동이 스물 아홉 번 한다.

정조가 수원에 있는 융릉에 자주 거동한 데서 생겨난 말로
모처럼 무슨 일을 하니까 수고스럽기만 하다는 뜻.

✱ 늦게 배운 도둑질이 날 새는 줄 모른다.

남보다 늦게 배운 사람이 일찍 배운 사람보다 그 일에 더
적극적으로 몰두하게 된다는 말.

✱ 늦잠 자는 놈치고 잘사는 놈 못 봤다.

남보다 게으른 사람은 남보다 더 잘 살 수 없다는 뜻.

ㄷ

✺ 다가오는 하루가 지난 일 년보다 길다.

　이미 지나간 세월은 빠른 것처럼 느껴지지만 앞으로 다가
오는 세월은 지루하게 느껴진다는 말.

✺ 다 된 밥에 재 뿌린다.

　잘 된 일의 막바지에서 공교롭게도 방해를 한다는 뜻.

✺ 다람쥐 눈 먼 계집 얻듯 한다.

　욕심이 많은 다람쥐가 일부러 눈 먼 계집을 얻어 계집 몰래
먹을 것을 저장하여 몰래 감추어 두었다가 자기 혼자 조금
씩 먹듯이 아내는 생각하지 않고 제 배만 채우는 남자를 가
리키는 말.

✺ 다람쥐 쳇바퀴 돌듯 한다.

　변화없이 매일 똑같은 일만 반복한다는 뜻.

✺ 다리 밑 까마귀가 '한압씨 한압씨'하겠다.

　까마귀가 제 조상인 줄 알고 할아버지라고 부를 정도로 몸
이 더럽고 시커멓다는 말.

✽ 다리 아래에서 원을 꾸짖는다.

　　원님 앞에서는 감히 두려워서 한 마디도 못하면서 아무도 보지 않는 다리 아래에서는 큰소리를 친다는 말.

✽ 다박솔은 재목에 못 써도 그늘은 짙다.

　　어떤 것이든 다 나름대로 쓰여질 데가 있다는 뜻.

✽ 다방 출입 십 년에 남의 얼굴 볼 줄은 안다.

　　사람들과 접촉하는 기회가 많다보면 눈치 또한 늘게 마련이라는 뜻.

✽ 다시 만난 부부가 더 정답다.

　　한번 헤어졌다가 다시 만난 부부가 오히려 더 정답기 마련이라는 말.

✽ 다시 보니 수원 나그네.

　　그냥 지나쳐 버리다가 상대편에서 아는 척을 하니까 어쩔 수 없이 인사를 한다는 말.

✽ 다 팔아도 내 땅.

　　이렇게 하든 저렇게 하든 결국은 모두 자기 것이 된다는 뜻.

✽ 단단하다고 벽에 물이 고일까?

　　무조건 단단하기만 하다고만 해서 물이 고이는 것이 아니듯이 인색하기만 하다고 해서 부자가 되는 것이 아니라 열심히 벌어야 부자가 된다는 말.

✽ 단단한 땅에 물이 고인다.

　　굳은 땅이라야 물이 스며들지 않고 고이듯이 사람도 의지가 강하고 굳어야 재물을 모을 수 있다는 뜻.

✽ 단술 먹은 지 여드레 만에 취한다.

　　마셔도 취하지 않는 단술을 먹고서 그것도 여드레나 지난 뒤에 취했다고 하듯이 터무니 없는 거짓말을 한다는 뜻.

✽ 닫는 말도 채를 치랬다.

달리는 말에도 채찍을 가하면 더 달리듯이 잘하는 일에도
더 용기를 내면 높은 성과를 거둘 수 있다는 말.

❋ 달고 치는 데 아니 부는 놈 없다.

누구나 심한 고문에는 사실대로 이야기하지 않을 사람이
없다는 말.

❋ 달콤한 사탕이 우선 먹기는 좋다.

눈 앞의 이익에만 급급하여 분별없이 행동한다는 뜻.

❋ 달기는 옆집 할미 손가락이다.

제아무리 엿이 달다고는 하지만 옆집에서 엿을 파는 할머
니의 손가락까지 달 수는 없다는 뜻. 즉, 사람이 어떠한 음
식에 한 번 맛을 들이기 시작하면 그 음식이 못 먹을 것이
라 하더라도 맛있는 것으로 보인다는 뜻.

❋ 달도 차면 기운다.

달도 차면 기울게 마련이듯이 무슨 일이든 한번 성하면 망
할 때가 있게 마련이라는 말.

❋ 달리는 말 위에서 꽃 구경하기다.

달리는 말 안장에 앉아서 꽃을 구경하듯이 천천히 구경할
여가가 없이 바쁘게 대강대강 보고 지나가는 것을 말함.

❋ 달면 삼키고 쓰면 뱉는다.

자기에게 유리하면 하고 불리하면 하지 않는 이기적인 사
람을 가리키는 말.

❋ 달 밝은 밤이 흐린 낮만 못하다.

제아무리 효성이 지극한 아들이라 하더라도 가정에 충실하
지 못한 남편보다는 오히려 못하다는 뜻.

❋ 닭 손님으로는 아니 간다.

닭장 안에는 닭이 여러 마리가 한꺼번에 살고 있듯이 한 곳
에 여러 사람이 함께 모여 사는, 시끄럽고 피곤하게 지내지

않으면 안될 곳에는 손님으로 가지 않는다는 뜻.

✱ 닭이 천이면 봉이 한마리.

여러 사람이 모이면 그 중에 반드시 훌륭한 사람이 있기 마
련이라는 말.

✱ 닭 잡는 데 소 백정 불러 오는 격이다.

닭을 잡기 위해서 소를 잡는 백정을 불러 오듯이 보잘 것
없는 작은 일에 큰 대책을 세운다는 뜻.

✱ 닭 잡아 대접할 손님 있고 소 잡아 대접할 손님 있다.

누구나 손님에 대한 대접은 그 신분에 따라 적절하게 해야
한다는 말.

✱ 닭 잡아먹고 오리 발 내놓는다.

남의 닭을 잡아먹고서도 오리를 잡아먹은 양 속이듯이 제
가 저지른 잘못을 일부러 은폐하려고 한다는 뜻.

✱ 닭 쫓던 개 지붕 쳐다보듯 한다.

최선을 다해 한 일이 허사로 돌아갔을 때 남 보기가 매우
부끄럽다는 뜻.

✱ 닭 주둥이는 되어도 쇠 꼬리는 되지 말라.

큰 단체의 말단직을 맡는 것보다는 작은 단체라 하더라도
그곳에서 우두머리가 되는 것이 더 낫다는 말.

✱ 담 넘어 꼴 베는 총각도 눈치가 있으면 호박적 얻어먹는
다.

사람은 눈치가 있어야 남에게 도움도 받게 된다는 말.

✱ 담력은 커야 하고 마음은 세심해야 한다.

사람은 담도 커야 하지만 아울러 세심한 면도 있어야 한다
는 뜻.

✱ 담비가 작아도 범을 잡아먹는다.

외모가 작다고 해서 결코 하찮게 볼 것이 아니라는 말.

✽ 담에도 눈이 있고 벽에도 귀가 있다.

　　남 몰래 한 말도 퍼져 나가게 마련이므로 말조심을 해야 한다는 뜻.

✽ 담은 게으른 놈이 쌓아야 하고 방아는 미친 년이 찧어야 한다.

　　담은 조급하게 쌓으면 무너지기 쉬우므로 게으른 사람을 시켜 천천히 쌓아야 하고 방아는 미쳐서 날 뛰는 사람이 찧어야 잘 찧듯이 일을 시킴에 있어서는 그 일에 꼭 알맞는 사람을 시켜야 효과적으로 이루어 진다는 뜻.

✽ 답답하기는 메인 담배통이다.

　　꼭 막힌 담배대처럼 답답하기가 그지없다는 뜻.

✽ 당나귀가 늙으면 꾀만 남는다.

　　사람도 늙게 되면 요령이 생겨 꾀만 부리게 된다는 말.

✽ 당장 먹기는 곶감이 달다.

　　사람은 누구든지 당장 자기에게 편한 일을 택하게 된다는 뜻.

✽ 대가리에서부터 더듬어도 겨우 꼬리밖에 못 잡는다.

　　큰 일을 목적으로 해서 일을 시작했으나 큰 성과는 이루지 못하고 겨우 조그마한 성과만 이루게 되었다는 말.

✽ 대감 당나귀 죽은 데는 가도 대감 죽은 데는 안간다.

　　대감 집 당나귀가 죽었을 때는 사람들이 대감에게 잘 보일려고 인사를 가지만 대감이 죽으면 덕 볼 사람이 죽어서 더 이상 덕을 볼 수가 없게 되었으므로 인사를 안간다는 말로 세상 인심은 자기의 이해 관계에 의해서 좌우될 정도로 야박하다는 뜻.

✽ 대끝에서 삼 년.

　　제아무리 어려운 상황 아래에서도 꾹 참고 견디어 나간다

는 뜻.

✽ **대기만성(大器晚成).**

큰 그릇은 만드는 기간이 그만큼 오래 걸린다는 말로, 큰
인물은 짧은 시간에 이루어지지 않는다는 말.

✽ **대답 쉽게 하는 놈치고 일 제 때에 하는 놈 못봤다.**

경솔한 사람 치고 믿을 만한 사람은 없다는 말.

✽ **대답할 말이 없으면 날 잡아잡수 한다.**

자기 입장이 곤란하게 되면 시비를 가려 올바로 처리할 생
각은 안하고 생떼를 쓴다는 말.

✽ **대들보 썩는 줄 모르고 기왓장 아낀다.**

큰 손해를 입을 줄은 모르고 지금 당장 돈이 드는 것이 아
까와 그대로 방치해두는 어리석은 짓을 한다는 말.

✽ **대명천지에 얼굴 들고 사립 나서기가 두렵다.**

지은 죄가 너무나 부끄러워 얼굴을 들고 다닐 면목이 없다
는 뜻.

✽ **대사 뒤에 병풍 지고 간다.**

큰일에 쓸 병풍을 일이 다 끝난 뒤에야 지고 가봐야 아무
소용이 없듯이 시기를 놓쳐 헛수고만 한다는 말.

✽ **대신 댁 송아지는 백정 무서운 줄을 모른다.**

세도가 큰 대신 댁 송아지는 주인의 세도만 믿고 백정도 두
려워하지 않듯이 세도가의 밑에 있는 사람은 그 세력만을
믿고 위세를 부린다는 뜻.

✽ **대장부의 말은 한 마디면 그만이고 좋은 말은 한번 채찍
질하면 그만이다.**

대장부는 여러 말하지 않고 한 마디만 해도 그대로 지키고
좋은 말은 여러 번 채찍질을 가하지 않고 한 번만 해도 잘
듣는다는 말.

✽ 대장장이 집에 식칼이 없다.

　　쇠를 다루는 대장장이 집에 당연히 있어야할 식칼이 없듯
이 그 물건이 꼭 있어야 할 곳에 오히려 없는 경우가 많음
을 비유하여 하는 말.

✽ 대중들과 바라는 것이 같으면 그 일은 성사된다.

　　하고자 하는 바가 여론과 일치한다면 반드시 그 일은 성사
된다는 뜻.

✽ 대중들의 분노가 쌓이게 되면 모반하게 된다.

　　군중들에게 불만 요소가 쌓이게 되면 반드시 반란을 일으
키게 된다는 뜻.

✽ 대중들이 의심하게 되면 나라가 안정될 수 없다.

　　일반 백성들이 정부를 불신하게 되면 그 나라는 결코 안정
을 유지할 수 없다는 뜻.

✽ 대중을 얻는 사람은 하늘도 감동한다.

　　민중의 지지를 받는 지도자는 하늘도 그를 돕는다는 말.

✽ 대중을 얻으면 나라도 얻는다.

　　민중의 지지를 얻게 되면 한 나라의 통치자가 될 수 있다는
말.

✽ 대중의 신망이 있는 사람은 승리한다.

　　민중들의 지지를 얻는 사람이 승리자가 될 수 있다는 말.

✽ 대중이 합세하면 산도 움직이고 모기도 많이 모이면 우뢰
소리를 낸다.

　　군중이 힘을 모으면 산도 움직일 수 있는 힘을 낳게 되고
모기도 많이 모이면 그 소리가 매우 커지듯이 조그마한 힘
도 여럿이 합하게 되면 걷잡을 수 없이 강해진다는 말.

✽ 대청 빌린 놈이 안방까지 빌리려 한다.

　　도와주면 도와줄수록 점점 더 염치없는 부탁을 한다는 말.

✽ 대추나무에 연 걸리듯 한다.

가시가 많은 대추나무에 연이 잘 걸리듯이 여러 사람에게 많은 빚을 졌다는 뜻.

✽ 대통 맞은 병아리 같다.

대통으로 맞은 병아리가 얼얼하여 정신을 못 차리듯이 졸지에 화를 입어 정신이 없다는 뜻.

✽ 대한이 소한 집에 왔다가 얼어죽는다.

소한 때의 추위가 대한 때의 추위보다 더 매섭다는 말.

✽ 더도 덜도 말고 한가위만 같아라.

팔월 추석 때는 날씨도 춥지도 덥지도 않아 적당하고 오곡백과가 풍성해 먹을 것도 흔한 시기이므로 사시사철 이때와 같았으면 좋겠다는 말.

✽ 더부살이가 주인 만님 단 속곳 걱정한다.

남의 집 더부살이를 하는 어려운 처지에 주제 넘게 주인 마님 속옷 걱정을 하듯이 자기의 주제도 모르고 쓸데 없는 남의 걱정을 한다는 말.

✽ 더운 밥 먹고 식은 말 한다.

더운 밥을 잘 먹고 나서 말 같지도 않은 말을 지껄인다는 뜻.

✽ 더위도 큰 나무 그늘에서 피하랬다.

큰 나무 그늘 밑에 있어야 더위도 덜 타듯이 이왕이면 높은 지위에 있는 사람에게 의지해야 덕을 많이 볼 수 있다는 뜻.

✽ 더위 먹은 소는 달만 보아도 헐떡인다.

어떤 일에 혼이 크게 난 사람은 그와 비슷한 것만 보아도 겁을 내며 긴장을 한다는 말.

✽ 덕담 끝은 있어도 악담 끝은 없다.

남에게 좋은 소리를 듣는 사람은 앞날이 유망하지만 남에게 악담을 듣는 사람은 앞으로도 훌륭한 인물이 되기는 틀렸다는 말.

✽ 덕으로는 갚아지지 않는 것이 없다.

덕으로는 무엇이든 다 갚을 수 있다는 뜻.

✽ 덕으로 이기는 사람은 흥하고 힘으로 이기는 사람은 망한다.

남에게 덕을 베푸는 사람은 흥하게 되고 남을 무력하게 억누르려고 하는 사람은 망하게 된다는 뜻.

✽ 덕은 닦은 데로 가고 죄는 지은 데로 간다.

남에게 덕을 베푼 사람은 베푼 만큼의 덕이 자기에게로 돌아오게 되고 죄를 지은 사람은 지은 죄 만큼의 벌을 받게 된다는 뜻.

✽ 덕은 외롭지 않고 반드시 이웃이 있다.

평소에 남에게 덕을 베푼 사람은 어떠한 어려움에 처하더라도 주위 사람들이 도와주기 때문에 결코 외롭지 않다는 뜻.

✽ 덕이 많고 어진 사람의 외모는 어리석어 보인다.

덕이 많고 어진 사람은 남에게 자기 자신을 내세우지 않으므로 겉으로 보기에는 못나 보이기도 한다는 뜻.

✽ 덕이 있는 사람과는 대적할 수 없다.

덕망이 높은 사람은 하늘도 돕기 때문에 그와 상대해서는 이길 수가 없다는 뜻.

✽ 덤불이 우거져야 도깨비도 모여든다.

무슨 일이든지 여건이 조성되어야 이루어진다는 뜻.

✽ 덤불이 커야 도깨비가 난다.

무슨 일이든 의지할 수 있는 배경이 좋아야만 쉽게 성사된다는 뜻.

✼ 덩치 값도 못한다.

몸집은 크면서 하는 짓은 어린 아이와 같이 유치한 행동을 하는 사람이라는 말.

✼ 도깨비 방망이로 떼고 귀신은 경으로 뗀다.

도깨비는 방망이로 물리치고 귀신은 경으로 물리치듯 이 귀찮은 존재를 떼어 버리는 데는 그에 알맞는 적절한 방법을 이용해야 한다는 뜻.

✼ 도끼가 제 자루 못 깎고 중이 제 머리 못 깎는다.

세상의 일 가운데는 자신이 자기의 일을 못하는 것도 있다는 뜻.

✼ 도끼가 제 자루 못 찍는다.

자기의 일을 자기 스스로 해결하지 못한다는 뜻.

✼ 도끼 가진 놈이 바늘 가진 놈을 못 당한다.

도끼를 쥔 사람은 상대방이 죽을까봐 도끼를 함부로 휘두를 수 없지만 바늘을 쥔 사람은 상대방을 마음대로 찌를 수 있기 때문에 결국 이기게 된다는 말로 약자가 강자를 이길 수도 있다는 뜻.

✼ 도끼 자루 썩는 줄 모른다.

나무꾼이 신선 바둑 구경을 하다가 도끼 자루 썩는 줄도 몰랐다는 데서 생겨난 말로 어떤 일에 정신이 팔려 시간이 가는 줄도 모른다는 뜻.

✼ 도끼로 제 발등 찍는다.

다른 사람을 해칠 마음으로 행동하다가 오히려 자기가 해를 당한다는 뜻.

✼ 도둑놈도 의리가 있고 갈보도 절개가 있다.

아무리 나쁜 짓을 하는 사람이라도 조금씩의 인간적인 면은 있다는 뜻.

✻ 도둑놈도 제 자식은 착하게 되라고 한다.

자기는 나쁜 짓을 저지르는 사람이라도 자기 자식에게만은 착한 사람이 되라고 가르친다는 뜻.

✻ 도둑놈도 제 집 문단속은 한다.

나쁜 짓을 하는 사람도 남을 경계하며 조심한다는 뜻.

✻ 도둑놈 예쁜 데 없고 정든 사람 미운데 없다.

한번 나쁘게 인식된 사람은 예쁜 짓을 해도 밉게 보이고 한번 좋게 보아 정이 든 사람은 미운 짓을 해도 예쁘게 보인다는 뜻.

✻ 도둑 놈은 잠꼬대에 망한다.

도둑질을 한 사람이 잠꼬대로 자신이 저지른 짓을 말해 잡히듯이 나쁜 일을 저지른 사람은 스스로 헛점을 드러내 망하게 된다는 뜻.

✻ 도둑놈은 죄가 하나요 잃은 놈은 죄가 열이다.

도둑질을 한 사람도 나쁘지만 도둑을 맞은 사람도 문 단속을 철저히 하지 않아서 잃게 되었으므로 그에 대한 책임이 있다는 뜻.

✻ 도둑놈이 개 꾸짖듯 한다.

도둑놈이 짖는 개를 꾸짖을 때는 주인이 깰까봐 기어들어가는 목소리로 꾸짖듯이 큰 소리를 내지 못하고 조심스럽게 말을 한다는 말.

✻ 도둑놈이 제 발자국 소리에 놀란다.

잘못을 저지르게 되면 양심의 가책을 받아 불안하게 된다는 뜻.

✻ 도둑놈이 주인을 미워한다.

미움을 받아야 마땅한 사람이 오히려 남을 미워한다는 말.

✻ 도둑맞으면 어미 품도 들춰본다.

도둑을 맞으면 제 부모까지 의심할 정도로 남들을 의심하게 된다는 말.

✻ 도둑은 도둑을 시켜 잡아야 한다.

도둑을 잡을 때는 그 방면에 대해 도통한 도둑을 시켜서 잡아야 쉽게 잡을 수 있다는 뜻.

✻ 도둑을 맞으려면 개도 안 짖는다.

도둑을 맞으려면 평소에는 잘 짖던 개도 안 짖듯이 일이 잘 안되려면 어찌할 수 없이 되는 일이 없다는 말.

✻ 도둑의 씨는 따로 없다.

도둑의 씨가 따로 있어 타고날 때부터 도둑인 것이 아니고 환경에 의해서 도둑이 된다는 뜻.

✻ 도둑이 제 발이 저린다.

나쁜 짓을 저지른 사람은 남들이 알지 못해도 스스로 가책을 받아 두려움을 느낀다는 뜻.

✻ 도둑질도 해본 놈이 한다.

무슨 일이든 경험이 있는 사람이 해야 실수 없이 하게 된다는 뜻.

✻ 도루아미타불이다.

여태껏 애써서 노력한 것이 모두 물거품처럼 허사로 돌아갔다는 뜻.

✻ 도마와 칼이 아깝다.

보잘것 없는 고기를 자르려고 하니 도마와 칼이 아깝듯이 칼로 죽이려니 칼이 아까울 정도로 못된 놈이라는 말.

✻ 도망가는 도적은 쫓지 않는다.

도적이 궁지에 몰리게 되면 필사적으로 덤벼들 것이 분명하므로 화를 당하지 않기 위해서는 끝까지 쫓지 않는 것이 현명하다는 뜻.

✽ 도망치는 노루 보다가 잡았던 토끼 놓친다.
  욕심을 너무 부리다가는 이미 손에 들어 온 작은 일마저 잃
  게 된다는 말.

✽ 도매금에 넘어간다.
  똑똑한 사람이 별볼일 없는 무리들 사이에 끼어 그들과 함
  께 하찮은 취급을 당한다는 뜻.

✽ 도토리 키 재보기다.
  서로 비슷비슷해 별로 차이가 없는 데도 서로 자기가 잘났
  다고 우긴다는 뜻.

✽ 독 깨고 장 쏟는다.
  한 가지 일이 잘못되면 그와 연관이 있는 다른 일까지도 덩
  달아 잘못 된다는 뜻.

✽ 독서를 하면 옛사람과도 벗이 된다.
  고전을 많이 읽게 되면 옛 선인들의 뜻을 알 수 있게 된다
  는 말.

✽ 독 안에 든 쥐다.
  독 안에 든 쥐처럼 꼼짝 없이 죽게 된 신세라는 뜻.

✽ 돈 남아 주체 못 하는 사람 없다.
  돈은 아무리 많더라도 남아서 걱정이라는 사람은 없다는
  뜻.

✽ 돈 놓고 돈 먹기다.
  돈을 많이 가지고 일을 하면 아무리 어려운 일이라도 쉽게
  해결된다는 말로, 돈을 많이 가진 사람이 결국 돈을 많이
  번다는 말.

✽ 돈 댄 사람이 주인이다.
  무슨 일이든지 자본을 투자한 사람이 주인이라는 뜻.

✽ 돈 떨어지면 정도 떨어진다.

자기에게 돈이 떨어지면 그동안 친하게 지내던 사람들까지도 떨어져 나가는 것이 세상의 야박한 인심이라는 뜻.

✳ 돈만 있으면 가는 곳마다 상전 노릇한다.

돈 있는 사람은 어디를 가나 후한 대접을 받는다는 말.

✳ 돈만 있으면 과거에도 급제한다.

돈이 있으면 안되는 일이 없다는 뜻.

✳ 돈만 있으면 종도 상전 된다.

돈만 있으면 천한 사람도 높은 지위에 오를 수 있다는 말.

✳ 돈만 있으면 처녀 불알도 산다.

돈이 있으면 무엇이든 다 살 수 있다는 말.

✳ 돈 모아 줄 생각 말고 자식 글 가르쳐 주랬다.

돈은 영원한 것이 아니므로 없어질 수도 있지만 지식은 한번 자기 것이 되면 영원히 변할 수 없는 것이므로 자식에게 재산을 물려주는 것보다는 공부를 가르치는 것이 오히려 낫다는 뜻.

✳ 돈 버는 사람이 따로 있고 돈 쓰는 사람이 따로 있다.

한 집안에서는 돈을 벌어오는 사람이 있는가 하면 벌어온 돈을 쓰는 사람이 각각 있다는 말.

✳ 돈 빌려 주면 돈도 잃고 친구도 잃는다.

친한 친구에게 돈을 빌려 주었다가 만약 갚지 못할 경우에는 친구 사이의 의리까지 상하게 된다. 그러므로 돈이란 가까운 사람에게 빌려 주면 자칫 사이가 멀어질 가능성이 많다는 뜻.

✳ 돈은 앉아 주고 서서 받는다.

돈을 남에게 한번 빌려주면 받기가 몹시 힘들다는 뜻.

✳ 돈은 제 발로 들어와야 한다.

돈은 운이 따라야 벌 수 있지 억지로는 못 번다는 뜻.

✽ 돈을 벌면 배짱도 커진다.

　　돈이 생기면 용기도 저절로 생긴다는 뜻.

✽ 돈을 벌면 없던 일가도 생긴다.

　　부자가 되고 나면 평소에는 모르는 척 외면하던 친척들도
　　모여들게 마련이라는 뜻.

✽ 돈을 벌면 친구를 갈고 벼슬을 하면 아내를 간다.

　　가난했던 사람이 돈을 벌어 부자가 되면 가난한 시절에 사
　　귄 친구를 버리게 되고 신분이 낮았던 사람이 벼슬 자리에
　　오르게 되면 조강지처를 버리게 된다는 말.

✽ 돈을 빌릴 때는 고맙다고 하고 갚을 때는 무정하다고 한
다.

　　세상의 사람들이 자기가 급해서 빌려쓸 때는 고마운 마음
　　을 갖지만 이자까지 계산해서 빚을 갚게 될 때는 야박하다
　　는 마음을 갖는다는 뜻.

✽ 돈을 준다면 뱃속에 든 아이도 나온다.

　　돈을 준다고 하면 뱃속에 든 아이까지도 좋아하며 나올 정
　　도로 돈을 싫어하는 사람은 없다는 뜻.

✽ 돈이나 없었더라면 자식이나 버리지 않았지.

　　부유한 집 자식은 방탕한 생활을 하기가 쉽다는 뜻.

✽ 돈이라면 사지를 못 쓴다.

　　돈, 돈, 돈…하고 돈을 정신없이 밝히는 사람을 두고 하는
　　말.

✽ 돈이 사람을 따라야지 사람이 돈을 따라서는 안된다.

　　누구나 돈을 벌려면 재복이 따라야 벌 수 있지 억지로는 결
　　코 안된다는 뜻.

✽ 돈이 사람을 속인다.

　　돈이 사람에게 약을 올리는지 벌릴 듯 벌릴 듯 하면서도 쉽

게 벌리지 않는다는 뜻.

✻ 돈이 없으면 적막 강산이요 돈이 있으면 금수 강산이다.

사람은 돈이 없으면 어느 것을 보나 쓸쓸하게만 보이고 돈이 많으면 정신적인 여유가 생기기 때문에 어느 것을 보아도 아름답게 보인다는 뜻.

✻ 돈이 없으면 할 말도 못한다.

돈이 없는 사람은 하고 싶은 말도 제대로 하지 못하고 산다는 뜻.

✻ 돈이 원수다.

돈이 없어서 겪지 않아도 될 극심한 고통을 겪는다는 말.

✻ 돈이 있으면 겁이 나고 돈이 없으면 근심이 생긴다.

돈이 너무 많으면 도둑이 들까봐 겁이 나고 돈이 너무 없으면 먹고 살기가 어려우므로 근심이 생긴다는 말.

✻ 돈이 제갈량이다.

제아무리 못난 사람이라도 돈만 있으면 훌륭한 사람이 될 수 있다는 뜻.

✻ 돈 있는 문둥이는 안방에 모신다.

사람들이 평소에는 멀리 하던 문둥이도 돈이 많으면 안방으로 모시듯이 싫어하던 사람도 돈만 있으면 잘 대해 준다는 뜻.

✻ 돈 있는 사람이 돈 걱정은 더 한다.

돈이 많은 사람일수록 돈 걱정을 더 한다는 뜻.

✻ 돈하고 자식은 마음대로 되지 않는다.

돈도 운이 따라야 벌 수 있듯이 자식을 잘 두는 것도 자식복이 있어야 부모가 원하는 대로 훌륭한 사람이 되지 억지로는 안된다는 뜻.

✻ 돌도 십 년을 보고 있으면 구멍이 뚫린다.

어떠한 일이든지 오랜 기간동안 계속해서 노력하면 모두 이루어질 수 있다는 뜻.

✻ 돌로 치거든 돌로 치고 떡으로 치거든 떡으로 쳐야 한다.

인생의 대인 관계에 있어서 남이 나에게 해를 끼치면 나도 역시 해를 입히고 남이 나에게 덕으로 베풀면 나 역시 상대방에게 덕으로 대한다는 뜻.

✻ 돌배 썩은 것 딸 주고 단배 썩은 것 며느리 준다.

돌배 썩은 것은 먹어도 단배 썩은 것은 못 먹기 때문에 먹을 수 있는 것은 딸을 주고 못먹을 것은 며느리를 주듯이 며느리보다 딸을 더 생각한다는 말.

✻ 돌부처도 돌아앉는다.

돌부처도 시앗을 보면 돌아앉듯이 아무리 착한 여자라 하더라도 시앗을 보면 질투를 하게 된다는 뜻.

✻ 돌아 본 마을이요 뀌어 본 방귀다.

마을도 다녀 본 사람이 잘 다니고 방귀도 뀌어 본 사람이 잘 뀌듯이 무슨 일이든 경험자가 더 잘 한다는 뜻.

✻ 돌에도 오래 앉으면 따스해진다.

아무리 차가운 사람이라 하더라도 오래 사귀면 따스한 정이 든다는 뜻.

✻ 돌은 갈아도 옥이 되지 않는다.

돌을 아무리 갈고 닦아도 옥이 되지 않듯이 악한 사람은 아무리 옆에서 타이르고 가르쳐도 착한 사람이 되기 어렵다는 말.

✻ 돌팔이 의사가 사람 잡는다.

서투른 짓으로 인하여 남에게 화를 입힌다는 뜻.

✻ 돐집 하인 뒷간 가듯 한다.

돐잔치를 지낸 집 하인이 음식을 이것 저것 막 집어먹고는 배탈이 나 화장실을 자주 드나들듯이 어디를 몹시 자주 드나든다는 말.

✽ **동기간 인심도 쌀독에서 난다.**
같은 형제끼리라도 생활이 넉넉해야 인심을 쓸 수 있다는 말.

✽ **동냥도 사흘만 하면 못 잊는다.**
무슨 일이든 몸에 한 번 버릇이 들면 버리기가 힘들다는 뜻.

✽ **동냥은 못 주나마 쪽박은 깨지 말랬다.**
남을 도와주지는 못할망정 손해를 끼쳐서는 안된다는 뜻.

✽ **동냥자루가 크다고 자루 채워 줄까?**
동냥자루가 크다고 해서 무조건 음식을 많이 담아 주는 것이 아니듯이 무엇이든 요구하는 사람의 뜻대로 되는 것이 아니고 들어 주는 사람의 마음에 달려 있다는 뜻.

✽ **동네 가운데 개울 칠 때는 누가 아이 빠져 죽을 줄 알았나?**
일을 시작할 때는 잘될 것만 생각하고 시작하지 그것으로 인하여 나쁘게 될 것은 미처 생각하지 못한다는 뜻.

✽ **동네 개가 싸워도 편들어 준다.**
무슨 일이든 가까운 사람 편을 들게 마련이라는 뜻.

✽ **동네 무당보다 건너 마을 무당이 더 영하다.**
가까이 있는 사람에 대한 진가는 모르기 쉽다는 말.

✽ **동네 사나이 사정 보다 갈보된다.**
마음이 약해 남의 사정을 다 들어주다가는 자기 신세만 망친다는 뜻.

✽ **동네 색시 믿고 장가 못 간다.**
상대방의 의향도 모르고 막연히 믿고 있다가 일을 그르친다는 말.

✸ 동녘이 훤하면 제 세상인 줄 안다.

　날이 밝아오려면 아직 시간이 더 지나야 하는데도 동녘이 훤하면 무턱대고 날이 다 밝은 것으로 판단해 버리는 어리석은 사람을 가리켜 빈정대는 말. 혹은 그만큼 바보스러운 사람을 보고 하는 말.

✸ 동대문에서 맞고 종로와서 화풀이한다.

　봉변을 당한 곳에서 화풀이를 하지 않고 엉뚱한 곳에서 화풀이를 한다는 뜻.

✸ 동무 따라 강남 간다.

　자기는 할 생각도 계획도 없었는데 남의 권유로 무심코 하게 되었다는 말.

✸ 동생이 형보다 낫다면 싫어해도 아들이 아비보다 낫다면 좋아한다.

　형은 동생이 더 잘 낫다고 하면 싫어하지만 부모는 자식이 더 잘 낫다고 하면 좋아한다는 말.

✸ 동서 모임은 독사 모임이다.

　여자 동서들끼리 모이면 서로 헐뜯으려고 한다는 뜻.

✸ 동성 아주머니 술도 싸야 사 먹는다.

　아무리 가까운 친척이라도 자기에게 이익이 돌아 오지 않는 일은 하지 않는다는 뜻.

✸ 동생 줄 것은 없어도 도둑 줄 것은 있다.

　집안이 너무 가난하여 남에게 나누어 줄 것이 하나도 없는 집이라 하더라도 도둑이 와서 가져갈 물건은 있다는 뜻.

✸ 동업자끼리는 서로 원수같이 지낸다.

　같은 장사를 하는 사람들은 서로 경쟁자이기 때문에 시기를 하며 망하기를 바란다는 말.

✸ 동이 이고 하늘 보기다.

항아리를 머리에 이고는 하늘을 볼 수 없듯이 동시에 두 가
지 일을 할 수는 없다는 뜻.

✽ 동여 맨 놈이 푼다.

무슨 일이든지 그 일을 처음에 시작한 사람이 결국은 끝을
맺게 된다는 말.

✽ 되글을 가지고 말글로 써먹는다.

배운 것은 조금인데 써 먹기는 많이 배운 사람 못지않게 써
먹는다는 말. 즉, 짧은 배움을 가지고 그것을 효과적으로
써먹기 때문에 오히려 많이 배운 사람 못지 않을 때를 두고
하는 말.

✽ 되는 놈은 나무하다가도 산삼을 캔다.

운이 따르는 사람은 하는 일마다 모두 잘 된다는 뜻.

✽ 되로 주고 말로 받는다.

줄 때는 조금 주었으나 받을 때는 많이 받았다는 뜻.

✽ 되면 더 되고 싶다.

사람의 욕심이란 모름지기 끝이 없는 것이어서 어떠한 한
가지 일을 이루어 놓으면 그 다음에는 그보다 더 큰 일을
이루고 싶어지고, 지위나 권세가 올라가면 자꾸만 더 높이
올라가고 싶어진다. 또한 어느 정도 부자가 되면 더 큰 부
자가 되고 싶어진다. 이러한 것이 바로 인간적인 욕심이다.
이러한 인간의 끝없는 욕심을 보고 한탄하는 말.

✽ '될 뻔 댁'이다.

어떤 일이 잘 될 뻔하다가 번번히 안 되는 사람을 가리키는
뜻.

✽ 될성부른 나무는 떡잎부터 안다.

훌륭한 인물이 될 사람은 어렸을 때부터 남다른 데가 있다
는 말.

✳ 두 가지가 다 좋을 수는 없다.

한 가지 좋은 일이 있으면 한 가지 나쁜 일도 있게 마련이라는 뜻.

✳ 두 갈래 길에서 헤매는 사람은 아무 데도 가지 못한다.

한 가지 일에만 충실해야 성공을 할 수 있다는 뜻.

✳ 두렵기가 가을 서릿발 같다.

모든 식물들을 시들게 하는 가을 서릿발같이 매우 매섭다는 뜻.

✳ 둘러치나 메치나 때리기는 마찬가지다.

수단과 방법만 다를 뿐 본질적으로는 같은 것이라는 말.

✳ 둘이 먹다가 하나가 죽어도 모르겠다.

둘이 같이 먹다가 옆에서 한 사람이 죽어도 모를 정도로 맛이 있는 음식이라는 말.

✳ 둘째 며느리를 얻어 보아야 맏며느리 착한 줄을 안다.

맏며느리에게 불만이 많던 시어머니가 둘째 며느리를 얻어서 상대해 보고 나서야 비로서 맏며느리가 착하다는 사실을 알게 되듯이 다른 사람들과 상대해 보고 비교해 보아야 그 사람의 진가를 알 수 있게 된다는 뜻.

✳ 뒤로 넘어져도 코가 깨진다.

일이 안되려면 안 되는 일만 연거푸 생긴다는 뜻.

✳ 뒤로 오는 호랑이는 속여도 앞으로 오는 팔자는 못 속인다.

운명은 각자가 타고 나는 것이므로 자기 앞에 다가 오는 운명은 피할 길이 없다는 말.

✳ 뒤 마려운 년 국거리 썰듯 한다.

자신의 일이 급해 일을 아무렇게나 함부로 한다는 말.

✳ 뒤웅박 차고 바람 잡는다.

어처구니 없는 엉뚱한 짓을 한다는 뜻.

✳ 뒷간 개구리한테 하문을 물렸다.

　봉변을 당했어도 창피한 일이라 남에게 차마 얘기할 수 없
는 경우를 두고 한 말.

✳ 뒷간과 사돈집은 멀어야 한다.

　변소는 냄새가 나므로 멀리 있어야 하고 사돈 집은 가까이
있으면 서로 몰라야 할 사정까지도 알게 되므로 멀리 있어
야 한다는 뜻.

✳ 뒷간과 저승은 대신 못 간다.

　변을 보는 것과 죽는 것은 남이 대신 해줄 수 없다는 뜻.

✳ 뒷간 다른 데 없고 시어머니 다른 데 없다.

　아무리 깨끗한 뒷간이라도 구리기는 마찬가지듯이 아무리
마음씨 좋은 시어머니라 하더라도 시집살이 시키기는 마찬
가지라는 말.

✳ 뒷간이 깨끗하면 들어왔던 도둑도 그냥 나간다.

　살림을 잘 정돈해 놓은 집은 귀중품도 잘 간수할 것이기 때
문에 들어 왔던 도둑도 가져 갈 것이 없을 줄 알고 그냥 되
돌아 간다는 뜻.

✳ 뒷걸음에 쥐 잡는 격이다.

　뒷걸음질 치다가 우연히 쥐를 밟아 잡듯이 운이 좋아 우연
히 일이 이루어졌다는 말.

✳ 드는 정은 몰라도 나는 정은 안다.

　친구 관계에 있어서 서로 정이 들 때는 드는 줄을 못 느껴
도 정이 식어 서로 싫어질 때는 금방 느낄 수가 있다는 뜻.

✳ 드문드문 걸어도 황소 걸음이다.

　느리게 걸어도 보폭이 큰 것과 꾸준한 노력으로 실속이 있
다는 뜻.

✽ 듣기 싫은 말은 약이고 듣기 좋은 말은 병이다.

충고하는 말은 듣기 싫지만 실제로는 자신에게 이로운 말
이며 아부하는 말은 듣기는 좋지만 실제로는 자기에게 해
로운 말이라는 뜻.

✽ 듣기 좋은 꽃노래도 한두 번이다.

아무리 듣기 좋은 말도 자꾸 듣게 되면 싫증이 나게 마련이
라는 뜻.

✽ 들 적 며느리, 날 적 송아지.

송아지는 태어날 때부터 일을 할 운명을 가지고 태어났듯
이 며느리는 출가할 때부터 시댁에서 일을 하지 않으면 안
될 운명이라.

✽ 등창도 빨아 주고 치질도 핥아 준다.

사람으로서 차마 하지 못할 치사한 짓까지 해가면서 남에
게 아첨한다는 말.

✽ 따 놓은 당상이다.

이미 다 이루어진 일이라는 뜻.

✽ 딸 낳으면 오동나무 먼저 심으랬다.

딸을 낳으면 시집 보낼 때 줄 장농을 만들기 위해 미리 오
동나무를 심듯이 무슨 일이든지 나중을 대비해서 미리 준
비를 해야 한다는 뜻.

✽ 딸네 사돈은 꽃 방석에 앉히고 며느리 사돈은 가시 방석
에 앉힌다.

자기 딸에게 고된 시집살이를 시킬까봐 딸이 시집간 사돈
에게는 하도 잘해 꽃방석에 앉힌 격이고 자기 집에 시집 온
며느리에게는 몹시 고된 시집살이를 시켜 며느리의 친정쪽
사돈은 딸의 고생을 안타까워해 가시 방석에 앉힌 격이라
는 뜻.

✻ 딸 손자는 가을 볕에 놀리고 아들 손자는 봄 볕에 놀린다.
  외손자는 얼굴이 타지 않도록 가을 볕에 놀리고 친손자는
  얼굴이 잘타는 봄 볕에 놀리듯이 외손자를 친손자보다 더
  귀하게 여긴다는 말.

✻ 딸 없는 사위요 불 없는 화로다.
  명색만 있지 아무런 실속이 없다는 뜻.

✻ 딸은 부자집으로 보내고 며느리는 가난한 집에서 데려와
  야 한다.
  딸은 부자집으로 출가를 시켜야 잘살게 되고 며느리는 가
  난한 집에서 데려와야 알뜰하게 살림을 잘한다는 말.

✻ 딸은 시집을 가면 온 남이 되고 아들은 장가를 가면 반
  남이 된다.
  딸은 시집 가면 시댁의 식구가 되기 때문에 남이 되고 아들
  도 장가를 가게 되면 반은 남이 되는 것이라는 뜻.

✻ 딸을 보지 말고 어미를 먼저 보랬다.
  딸은 대체로 엄마를 닮게 되므로 그 어머니의 품행을 보면
  그 딸이 어떠한지 대충 짐작할 수 있다는 뜻.

✻ 딸을 잘 두면 한 집이 잘 되고 잘 못 두면 두 집이 망한다.
  딸을 잘못 교육시키면 친정은 물론 시댁까지 망하게 한다
  는 뜻.

✻ 딸의 시앗은 바늘 방석에 앉히고 며느리 시앗은 꽃방석에
  앉힌다.
  자기의 딸이 괴로와할 것을 염려하여 사위가 첩을 얻는 것
  은 몹시 싫어하면서도 자기 아들이 작은 각시를 얻어 며느
  리를 괴롭히는 것은 기분 좋게 생각한다는 뜻.

✻ 딸자식 둔 사람은 화냥년 보고도 흉보지 말랬다.
  자기 자식도 어떻게 될지 장담할 수 없는 일이므로 함부로

남의 자식 흉을 보지 말라는 말.

✳ **땅에서 넘어진 사람은 땅을 짚어야 일어난다.**

땅에 넘어진 사람은 땅을 짚어야 그 힘을 의지해 일어날 수 있듯이 어떤 일에 실패한 사람은 계속 그 일을 밀고 나가야 성공을 할 수 있게 된다는 말.

✳ **땅을 넓히는 데 힘 쓰는 사람은 거칠고 덕을 넓히는 데 힘 쓰는 사람은 강하다.**

재물을 모으는 데만 급급한 사람은 성격이 점점 나빠지고 덕을 쌓기에 힘 쓰는 사람은 남들로부터 존경을 받아 정신적으로 강해지게 된다는 말.

✳ **땅 짚고 헤엄치는 격이다.**

매우 하기 쉬운 일이라는 뜻.

✳ **때는 한번 가면 두번 다시 오지 않는다.**

기회는 언제나 있는 것이 아니므로 기회가 생겼을 때 그 기회를 적절하게 이용해야 한다는 뜻.

✳ **때리는 시어머니보다 말리는 시누이가 더 밉다.**

직접 때리는 시어머니보다 뒤로는 모략질을 해놓고 겉으로는 말리는 척 하는 시누이가 더 얄밉다는 뜻.

✳ **때리는 척하거든 우는 척도 해야 한다.**

서로 호흡이 잘 맞아야 함께 일을 할 수 있다는 뜻.

✳ **때린 놈은 발을 오그리고 자도 맞은 놈은 발을 펴고 잔다.**

남에게 피해를 입힌 사람은 보복이 두려워서 항상 불안하지만 피해를 입은 쪽은 오히려 마음이 편하다는 말.

✳ **때릴 줄 모르는 놈이 남의 코피만 낸다.**

제대로 일도 못하는 사람이 오히려 일만 크게 벌여 놓았다는 말.

✳ **떡갈나무에 회초리 나고 바늘 간 데 실 따라간다.**

떡갈나무가 있으면 회초리도 생기게 되고 바늘이 있으면
자연히 실도 생기듯이 서로 분리될 수 없는 밀접한 관계가
있다는 말.

✳ 떡도 못 얻어먹는 제사에 무르팍이 벗어지게 절만 한다.
자기에게 돌아오는 이익도 없는 일에 고생만 한다는 뜻.

✳ 떡 주무르듯 한다.
어떤 일을 함에 있어서 힘도 들이지 않고 자기가 하고 싶은
대로 자유자재로 능숙하게 하는 것을 두고 이르는 말.

✳ 떡 줄 놈은 생각도 않는데 김칫국 먼저 마신다.
상대방은 줄 생각도 하지 않는데 혼자서 주려니 하고 지레
짐작으로 기대를 하고 있다는 말.

✳ 뗏목 타고 바다를 건넌다.
뗏목을 타고 바다를 건너는 것은 매우 위태로운 일이듯이
매우 위험한 행동을 한다는 뜻.

✳ 똥구멍으로 호박씨 깐다.
겉과 속이 다른 매우 엉큼한 사람이라는 말.

✳ 똥 누고 밑 아니 씻은 것 같다.
일의 끝마무리를 잘 맺지 못하여 마음이 개운하지가 않다
는 뜻.

✳ 똥 묻은 개가 겨 묻은 개를 나무란다.
자신의 큰 허물은 보지 못하면서도 남의 작은 허물만 보고
는 나무란다는 뜻.

✳ 똥물에 튀긴 놈이다.
상종할 필요조차도 없는 추하고 나쁜 놈이라는 말.

✳ 뛰는 놈 위에 나는 놈 있고 나는 놈 밑에 쏘는 놈 있다.
잘난 사람 위에는 그보다 더 잘난 사람이 있게 마련이라는
뜻.

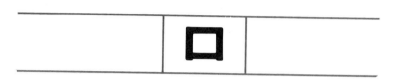

✸ 마누라가 귀여우면 처가집 쇠말뚝 보고도 절한다.

자기 아내가 사랑스러우면 아내와 연관이 있는 모든 것이 다 사랑스럽게 보인다는 말.

✸ 마누라 여럿 둔 사나이가 늙으면 홀아비 된다.

젊었을 때 방탕한 생활을 하여 여러 여자를 거느리게 되면 나이가 들어서는 어느 한 여자도 돌봐 주지 않는다는 말.

✸ 마누라 자랑은 말아도 병 자랑은 하랬다.

자기 아내 자랑을 하는 것은 못난 짓 중의 하나이지만 병은 여기저기에 소문을 내야 처방법을 금방 알아내서 고칠 수가 있게 된다는 말.

✸ 마른 논에 물 대기다.

가뭄 때에는 논에 물이 많이 들어가듯이 어떤 일에 자본이 매우 많이 든다는 말.

✸ 마음은 굴뚝 같다.

겉이야 어떻든 속으로는 간절히 하고 싶다는 말.

✱ 마음을 안정시키는 일은 말을 적게 하는 데서 시작된다.

말이 많은 사람은 마음을 안정시키기가 매우 어려우므로 마음을 안정시키기 위해서는 우선 말부터 적게 해야 된다는 말.

✱ 마음을 잘 가져야 죽어도 옳은 귀신이 된다.

사람이 살아 있을 때 마음을 곱게 갖고 착한 일을 해야 죽어서도 복을 받게 된다는 말.

✱ 마음이 맑으면 꿈자리도 편안하다.

마음 상태가 평온하면 결국 잠자리도 편안해진다는 뜻.

✱ 마음이 불안하면 이성을 잃는다.

마음이 안정되지 못하고 불안하면 합리적으로 사리를 판단하는 능력이 적어진다는 뜻.

✱ 마음이 평온한 사람에게 백 가지 복이 저절로 모여든다.

모든 일을 순리적으로 받아들이고 마음을 항상 평온하게 갖는 사람은 하는 일도 순조롭게 잘 진행되어 저절로 복이 따르게 된다는 말.

✱ 막내딸 시집보내느니 대신 가는 것이 낫겠다.

애지중지하며 마냥 귀엽게만 키운 막내딸을 시집보내는 것이 매우 서운하다는 뜻.

✱ 막내딸 시집 보낸 것 같다.

애지중지하며 키워 여자로서 해야 할 일도 제대로 가르치지 않은 상태로 막내딸을 시집보낸 부모가 딸이 믿음직스럽지 못해 항상 마음이 놓이지 않듯이 어떤 일을 몹시 불안해한다는 말.

✱ 막된 대답에는 묻지도 말라.

성의없이 함부로 대답하는 사람에게는 아예 묻지도 말라는 말.

✽ **막았던 군중의 입이 터지면 방죽 터진 것보다 더 무섭다.**
물리적으로 막았던 여론이 한번 터지면 방죽이 터져 물살
이 세게 흐르는 것보다 더욱더 무섭다는 말.

✽ **만고풍상 다 겪었다.**
세상의 온갖 풍파를 이미 다 경험해 보았다는 뜻.

✽ **만만한 년은 서방도 없다.**
남으로부터 항상 천시를 받는 사람은 제 것조차 자기 마음
대로 할 수 없다는 뜻.

✽ **만만한 놈만 볼기 맞는다.**
함께 똑같은 잘못을 저질렀어도 못난 사람만 끌려가서 벌
을 받게 된다는 뜻.

✽ **만사는 시작이 절반이다.**
무슨 일이든지 시작하기가 어려운 것이므로 시작만 해도
일의 절반은 이루어 놓은 것과 진배없다는 뜻.

✽ **만족할 줄 모르는 것보다 더 큰 화는 없다.**
부족함이 없어도 항상 현실에 만족할 줄 모르고 욕심을 부
리면 반드시 재앙을 입게 된다는 말.

✽ **만족할 줄 아는 사람은 항상 넉넉하다.**
현재의 자신이 처한 환경에 만족할 줄 아는 사람은 언제나
넉넉하게 세상을 살아간다는 뜻.

✽ **만족함을 알지 못하는 사람은 부유하고 귀할지라도 조심
스럽게 산다.**
현재 자신의 위치에 만족할 줄 모르는 사람은 비록 부유하
고 귀할지라도 더 이상의 것을 원하게 되므로 늘 불평·불
만에 쌓여 살아가게 된다는 뜻.

✽ **많은 뇌물을 받으면 반드시 많이 잃게 된다.**
남에게 비공식적인 뇌물을 받게 되면 그 이상의 값을 치러

106

야 하기 때문에 오히려 이래저래 손해를 보게 된다는 뜻.

✱ **많이 마시면 망주요 적게 마시면 약주다.**

술은 취하도록 많이 마시면 술주정을 하게 되어 망신을 당하지만 조금만 먹으면 오히려 몸에 좋다는 뜻.

✱ **맏며느리가 외출이 잦으면 집안이 망한다.**

집안 살림을 도맡아 책임지고 있는 맏며느리가 집안 일을 등한시하고 바깥으로 나돌게 되면 집안 살림이 엉망이 된다는 뜻.

✱ **맏며느리 손 큰 건 쓸모없다.**

집안 일을 규모있고 알뜰히 꾸려나가야 할 맏며느리가 손이 너무 커서 무엇이든 덤벙덤벙 쓰게 되면 집안이 어려워지게 되므로 그런 며느리는 쓸모가 없다는 뜻.

✱ **말 가는 데는 소도 간다.**

일정한 차이는 있을 수 있으나 한 사람이 할 수 있는 일이라면 다른 사람도 노력만 하면 할 수 있다는 뜻.

✱ **말도 부끄러우면 땀을 흘린다.**

하찮은 짐승도 부끄러운 짓을 하면 식은 땀을 흘리는데 하물며 만물의 영장인 인간이 부끄러움을 모르고 뻔뻔스러워서야 되겠느냐는 뜻.

✱ **말도 사촌까지는 상피를 본다.**

짐승도 근친상간은 삼가는데 하물며 만물의 영장인 사람이 근친상간을 해서야 말이 되겠느냐는 뜻.

✱ **말 많은 잔치가 먹잘 것 없다.**

말로만 떠벌리는 것치고 실속 있는 것은 매우 드물다는 뜻.

✱ **말썽 끝에 여자와 중이 끼지 않는 적이 없다.**

말썽의 대부분은 여자와 중이 연관된 것이 많다는 뜻.

✱ **말 속에 가시가 있다.**

하는 말 속에 사람을 해롭게 하는 의미심장한 뜻이 담겨져 있다는 뜻.

✽ **말에는 가르침이 있고 행동에는 법도가 있어야 한다.**

말을 할 때는 항상 도움이 되는 말을 해야 하고 행동을 할 때는 법도에 맞도록 신중을 기해야 한다는 뜻.

✽ **말은 꾸밀 탓이요 일은 할 탓이다.**

말은 꾸미기에 따라 달라지며 일은 하기에 따라서 그 결과가 크게 달라진다는 뜻.

✽ **말은 기회가 맞지 않으면 한 마디도 많다.**

말이란 상황에 따라 적절하게 해야지 상황에 어긋난 말은 해봐야 아무 소용이 없다는 뜻.

✽ **말은 달려 봐야 알고 사람은 친해 봐야 한다.**

무슨 일이든지 몸소 겪어봐야 그 진실을 알 수 있게 된다는 말.

✽ **말은 적어야 하고 돈은 많아야 한다.**

사람은 말을 적게 할수록 좋고 돈은 많으면 좋다는 말.

✽ **말은 좋은 말을 타야 하고 하인은 못난 놈을 써야 한다.**

말은 좋은 말을 골라서 타야 잘 달릴 수 있고 하인은 좀 어리숙한 사람을 써야 주인 말에 순종하며 일을 열심히 한다는 뜻.

✽ **말은 할수록 늘고 되질은 될수록 준다.**

말은 전하면 전해질수록 한 마디씩 더 늘어나게 마련이고 곡식은 되로 되질을 할 때마다 줄게 마련이라는 뜻.

✽ **말은 할 탓이요 고기는 씹을 탓이다.**

같은 내용의 말이라 할지라도 하기에 따라 좋게 할 수도 있고 나쁘게 할 수도 있다는 뜻.

✽ **말이 보증수표다.**

자기가 한 말에 대해서 만큼은 꼭 책임을 지고 실행하는 사
람을 두고 하는 말.

✱ 말이 아니면 듣지를 말고 길이 아니면 가지를 말랬다.

옳은 말이 아닌 것은 듣지 말고 길이 아닌 곳은 가지 말라
는 뜻.

✱ 말이야 비단결이다.

말 만큼은 비단결같이 곱게 하지만 행실은 그와 정반대인
사람을 두고 하는 말.

✱ 말 타면 경마 잡히고 싶다.

하나를 얻으면 둘을 얻고 싶어진다는 말. 즉, 사람의 욕심
은 끝이 없어서 제아무리 좋은 것을 얻어도 거기에 만족하
지 않고 더 좋은 것을 얻고 싶어한다는 뜻.

✱ 말 한 번 했다가 본전도 못 찾는다.

애써서 말을 했으나 아무것도 얻지 못하는 것을 이르는 말.

✱ 말할 때마다 요순 이야기만 한다.

하는 행실은 엉망이면서 말 만큼은 성인군자들의 말을 한
다는 뜻.

✱ 말 헤픈 년이 서방질 한다.

말을 경솔하게 하는 사람은 그 하는 행동거지마저도 경솔
하다는 뜻.

✱ 맑은 거울은 먼지와 때를 감추지 않는다.:

마음이 깨끗하고 맑은 사람은 조그마한 허물도 용납하지
않는다는 뜻.

✱ 맛없는 국이 뜨겁기만 하다.

행실은 올바르지 않은 주제에 특별나게만 군다는 뜻.

✱ 맛은 소금이 낸다.

아무리 좋은 음식이라 할지라도 소금을 넣지 않으면 아무

맛이 없듯이 하찮은 것이 오히려 중요한 역할을 한다는 뜻.
❋ 맛 좋은 준치는 가시가 많다.
　　좋은 일일수록 옆에서 방해하는 것이 많다는 뜻.
❋ 망둥이가 뛰니까 꼴뚜기도 뛴다.
　　영문도 모르면서 남이 하니까 곁에서 덩달아 따라 한다는
　　뜻.
❋ 망신살이 뻗쳤다.
　　망신이란 망신은 모두 당하게 되었다는 뜻.
❋ 망하는 놈이 있으면 흥하는 놈도 있다.
　　세상만사란 흥하고 망하는 것이 필히 교차한다는 말.
❋ 망하는 집 머슴은 배불러도 부자집 머슴은 배고프다.
　　망하는 집은 이래도 저래도 망하니 먹고나 보자 하고, 부자
　　집은 모든 살림을 절약해서 생활한다는 말.
❋ 맞아 죽을려면 무슨 짓을 못 할까?
　　죽을 각오를 하면 무엇이든지 다 할 수 있다는 말.
❋ 매도 같이 맞으면 낫다.
　　아무리 괴로운 일이라도 함께 겪으면 마음의 위안이 되어
　　가볍게 느껴진다는 말.
❋ 매도 먼저 맞는 놈이 낫다.
　　어차피 당해야 할 일이라면 남보다 먼저 당하는 편이 속이
　　편하다는 말.
❋ 매를 맞아도 은가락지 낀 손에 맞으랬다.
　　매를 맞더라도 부자한테 맞아야 료비라도 받아낼 수 있듯
　　이 무슨 일이든지 부한 사람들과 상대해야 자기에게 유익
　　한 것이 이다는 뜻.
❋ 매미는 봄 가을을 알지 못한다.
　　매미는 여름 한철에만 생활하므로 봄과 가을이 어떤 것인

지 알지 못하듯이 자기가 직접 겪어 보지 못한 일에 대해서는 누구나가 알기가 어렵다는 뜻.

❋ **매 본 꿩이다.**

매를 본 꿩이 두려움에 떨듯이 무엇에 대해 매우 두려워한다는 뜻.

❋ **매에도 공 매는 없다.**

이유 없이 남을 때리는 사람은 세상에 없으므로 맞는 데는 다 맞을 만한 이유가 있기 때문에 맞는 것이라는 뜻.

❋ **머리는 차게 하고 발은 덥게 한다.**

머리는 차게 하는 것이 몸에 좋고 발은 따뜻하게 하는 것이 몸에 좋다는 뜻.

❋ **먹지 못하는 감 찔러나 본다.**

어차피 자기에게 돌아올 것이 못되니 훼방이나 놓겠다는 뜻.

❋ **먹지 않겠다고 침 뱉은 우물 다시 먹는다.**

다시는 상대하지 않을 것처럼 욕설을 하고 돌아섰다가는 제 사정이 다 급하니까 다시 와서 부탁을 한다는 말.

❋ **먼 사촌보다 가까운 이웃이 낫다.**

멀리 떨어져 사는 사촌보다는 가까운 곳에 살면서 도와주는 있는 이웃사람이 더 좋다는 뜻.

❋ **먼지와 욕심은 쌓일수록 더럽다.**

욕심이 많은 사람일수록 그 마음이 깨끗하지 못하다는 뜻.

❋ **멀리 살면 정도 멀어진다.**

자주 보아야 정도 들지 멀리 떨어져 있어 자주 오가지 못하면 정도 자연히 멀어지게 된다는 말.

❋ **멋모르고 덤비다가 큰 코 다친다.**

내용도 모르는 일에 함부로 덤벼들었다가는 오히려 실패하기 쉽다는 말.

❋ **멍군하면 장군한다.**

실력이 비슷비슷하여 승부를 가름하기 매우 어렵다는 뜻.

❋ **메뚜기도 오뉴월이 한철이다.**

모든 것은 번창할 때가 따로 있어서 그 시기가 지나가면 쇠
퇴하게 마련이라는 뜻.

❋ **메치나 둘러치나 매한가지다.**

메치나 둘러치나 치는 것은 마찬가지듯이 수단과 방법만
다를 뿐이지 결과적으로는 같은 것이라는 말.

❋ **명 짧아 죽은 무덤은 있어도 서러워 죽은 무덤은 없다.**

아무리 서러워도 죽는 경우는 없다는 말.

❋ **명주옷은 사촌까지 덥다.**

한 사람이 잘 되면 그 친척들까지도 그 덕을 보아 잘 되게
된다는 말.

❋ **명태나 여자는 두드려야 부드러워진다.**

명태는 방망이로 두들겨야 딱딱했던 것이 부드러워지듯이
여자도 매를 들어야 남편 말에 고분고분 순종을 잘 하게 된
다는 말.

❋ **명태 한 마리 놓고 딴전 본다.**

일은 이미 벌여 놓았으나 속으로는 다른 궁리를 한다는 뜻.

❋ **모난 돌이 정 맞는다.**

성격이 모가난 사람은 결국 남들로부터 미움을 받게 마련
이라는 뜻.

❋ **모든 일은 반드시 바로잡아진다.**

어떤 일이라도 결과적으로 반드시 바른 길로 돌아서게 마
련이라는 뜻.

❋ **모진 년의 시어머니는 밥 내 맡고 들어온다.**

며느리에게 모질게 하는 시어머니가 밥 먹을 때만 되면 돌아와 며느리가 밥도 마음놓고 못 먹게 하듯이 미운 사람은 미운 짓만 골라서 한다는 말.

✱ 모처럼 벼슬을 하니까 난리가 난다.

겨우 벼슬자리를 하나 얻었더니 난리가 나 고생만 하듯이 운이 없는 사람은 되는 일이 하나도 없다는 뜻.

✱ 목구멍이 포도청이니 주는 것 안 먹을 수 없다.

원래 염치가 없어 얻어먹기도 미안하지만 먹지 않으면 굶어 죽을 처지라 어쩔 수 없이 받아 먹는다는 말.

✱ 목단꽃이 곱기는 해도 벌 나비가 찾지 않는다.

목단꽃이 비록 아름답기는 하지만 꿀이 없어 벌 나비가 찾아들지 않는 것처럼 여자도 얼굴만 아름답고 마음이 아름답지 못하면 결코 뭇 남자들이 가까이하지 않는다는 말.

✱ 목마른 놈이 우물 판다.

무슨 일이든 다급한 사람이 먼저 나서서 시작하기 마련이라는 뜻.

✱ 목매단 사람을 구한다면서 그 발을 잡아당긴다.

남을 위기에서 구해준다고 한 것이 오히려 더 어렵게 만들었다는 말.

✱ 목수는 저 살려고 집 짓는 것이 아니다.

목수는 자기가 살기 위해 집을 짓는 것이 아니라 남을 위해 집을 지어 주고 그 댓가를 받아 생활해 나가듯이 남을 위해 하는 일이 결국은 자기도 사는 방편이 된다는 말.

✱ 목이 가늘면 호색이다.

대체로 마른 남자가 여색을 탐한다는 뜻.

✱ 목 짧은 강아지 겻섬 넘어다보듯 한다.

키가 작은 사람이 목을 있는 대로 빼고 까치발을 하고서 애써 보려고 노력하는 것을 두고 이르는 말.

✳ 몸 보신은 첫 식보 두 육보 세 약보이다.

　몸을 보호하기 위한 비결은 첫째로 밥을 잘 먹는 것이고, 둘째가 고기를 먹는 것이고, 세째가 보약을 먹어 보충하는 것이라는 뜻.

✳ 못가에 고기만 부러워하는 것보다는 돌아가 그물을 뜨는 것이 낫다.

　일이란 쳐다보고만 있어 봐야 아무 소득이 없으므로 직접 나서서 일에 직접 착수를 해야 소득을 얻을 수 있다는 말.

✳ 못난 년이 꼴값한다.

　못난 사람이 생긴 대로 나쁜 행동만 골라 한다는 뜻.

✳ 못난 놈이 잘난 체 모르는 놈이 아는 체 없는 놈이 있는 체한다.

　실속도 없는 사람이 겉으로만 거드름을 피우는 것을 두고 이르는 말..

✳ 못난 놈 잡아들이라면 없는 놈 잡아간다.

　사람이 돈이 없으면 결국 못난 사람 취급을 당하게 마련이라는 뜻.

✳ 못난 여자는 거울만 나무란다.

　못된 사람은 제 잘못은 생각지 않고 오히려 착한 사람만 헐뜯는다는 뜻.

✳ 못난 자식이 조상 탓한다.

　자기가 못난 것은 생각 않고 일이 안될 때마다 애매한 조상을 원망한다는 뜻.

✳ 못된 고양이 잡으라는 쥐는 안 잡고 씨암탉만 잡는다.

　못된 사람은 제가 해야 할 일은 하지 않고 남에게 피해 주는 일만 골라서 한다는 말.

✽ 못된 송아지 엉덩이에 뿔 난다.

못된 사람은 나쁜 짓만 골라가며 한다는 뜻.

✽ 못된 아내가 효자보다 낫다.

못된 아내라 할지라도 의지하며 살기에는 효자보다 더 낫다는 뜻.

✽ 못 먹는 감나무는 쳐다보지도 말라.

되지도 않을 일은 아예 시작도 할 생각을 말라는 뜻.

✽ 못 살면 조상 탓한다.

자기가 못나서 가난하게 사는 것은 모르고 공연히 남만 원망하는 것을 두고 이르는 말.

✽ 못 오를 나무는 쳐다보지도 말라.

자신의 능력으로 안될 일은 아예 처음부터 생각지도 말라는 뜻.

✽ 못이 커야 용도 난다.

뭐니뭐니해도 웅대한 뜻을 지녀야 큰 인물이 될 수 있다는 말.

✽ 몽둥이 들고 포도청 담에 오른다.

자기 자신이 지은 죄를 은폐하기 위하여 남보다 앞에 나서서 도둑 잡으라고 큰 소리로 떠드는 것을 두고 이르는 말.

✽ 무우 배추가 흉년이면 김장은 일찍 하고 풍년이면 김장을 늦게 해야 한다.

무우 배추가 흉년일 때는 김장을 빨리 해야 값이 싸게 들고 풍년일 때는 늦게 해야 싸게 김장을 담글 수 있다는 말.

✽ 무병이 보배다.

병 없이 사는 것이 인생에 있어서 가장 큰 행복이라는 뜻.

✽ 무섭다니까 더 바스락거린다.

남이 싫다는 짓만 골라가며 한다는 뜻.

✽ 무소식이 희소식이다.

　　소식이 없는 것은 오히려 편안하게 잘있다는 뜻이라는 말.

✽ 무식하고 돈 없는 놈 술집 담벼락에 술값 긋듯한다.

　　글씨를 쓸 줄 모르는 사람이 외상 술을 마시고는 남의 담벼
　　락에 되는 대로 표시를 해 놓듯이 계산이 매우 서툴다는 뜻.

✽ 무식한 놈에게는 주먹 다짐이 약이다.

　　배우지 못한 무식한 사람에게는 말을 해봐야 알아들을 리
　　가 만무하므로 강압적인 힘으로 다스려야 한다는 뜻.

✽ 무식한 놈이 먼저 나선다.

　　아무것도 모르는 사람은 두려움이 없기 때문에 앞장을 서
　　기가 쉽다는 말.

✽ 무우 밑둥 같다.

　　오고 갈 데 없는 외로운 사람을 두고 이르는 말.

✽ 무자식이 상팔자다.

　　자식은 애물 덩어리이므로 자식이 없는 것이 오히려 신상
　　에 편하다는 뜻.

✽ 문경이 충청도가 되었다 경상도가 되었다 하듯 한다.

　　문경이 충청북도와 경상북도의 접점 지역에 있어 애매하듯
　　이 어떤 일이 명확하지 못하고 경우에 따라 크게 달라진다
　　는 뜻.

✽ 문둥이 떼쓰듯 한다.

　　몹시 졸라대는 사람을 두고 이르는 말.

✽ 문밖이 바로 저승이다.

　　죽음이란 언제 어떻게 돌아올 지 알 수 없다는 말.

✽ 문지방에 불이 난다.

　　출입이 매우 잦다는 뜻.

✽ 문턱을 넘고 큰소리를 하랬다.

무슨 일이든지 마무리를 다 해놓고 큰소리를 쳐야 한다는 말.

✽ 묻기는 쉬워도 대답은 어렵다.

자기가 모르는 것에 대해서 남에게 질문하기는 매우 쉽지만 남으로부터 질문을 받았을 때 적절한 대답을 적절히 해주는 것은 어렵다는 뜻.

✽ 묻기를 좋아하면 넉넉하다.

호기심이 많아 남에게 질문을 많이 하는 사람은 그만큼 지식이 풍부해진지고 깊어지게 된다는 뜻.

✽ 묻는 것은 일시의 수치요 모르는 것은 일생의 수치다.

모르는 사실에 대해서 물을 때는 그 당시의 부끄러움만 견디면 되지만 모르는 것을 묻지 않고 그대로 방치해 놓는 것은 평생의 수치로 남는다는 뜻.

✽ 묻지도 않는데 말하는 것은 잔소리다.

상대방이 묻지도 않은 말을 하는 것은 결국 잔소리에 지나지 않는다는 말.

✽ 물 건너 불이다.

자기와는 관계가 없는 일이므로 아무 염려가 없다는 말.

✽ 물건은 남의 것이 좋아 보이고 아들은 제 자식이 잘나 보인다.

물건은 제 것보다 남의 것이 항상 더 좋아 보이게 마련이고 자식은 남의 자식보다 제 자식이 더 잘나 보이게 마련이라는 뜻.

✽ 물건은 새 것을 쓰고 사람은 옛 사람을 쓰랬다.

물건은 가능한 한 새 것을 써야 좋고 사람은 오래 사귀고 겪어 보았던 믿음직한 사람을 써야 좋다는 말.

✽ 물건은 생산지를 떠나면 비싸지고 사람은 고향을 떠나면

천해진다.

물건은 생산지에서는 많고 흔하기 때문에 싸던 것이 다른 지방으로 가게 되면 더 비싸지지만 사람은 자기의 고향을 떠나면 도리어 천대를 받게 된다는 말.

❋ 물건을 모르거든 금을 보고 사라.

어떠한 물건이 좋은 물건인지 나쁜 물건인지 잘 판단하기 어려울 때는 그 물건의 값이 얼마인지를 알아보면 그 물건의 가치를 알 수 있다는 뜻. 즉, 좋은 물건일수록 값이 비싸다는 뜻.

❋ 물건이 좋아야 제 값도 받는다.

제대로 된 좋은 물건이라야 원래의 값을 다 받을 수 있다는 뜻.

❋ 물결치는 대로 바람부는 대로 간다.

뚜렷한 줏대나 주관이 없이 환경에 따라 움직인다는 말.

❋ 물고기는 대가리쪽이 맛이 좋고 짐승은 꼬리쪽이 맛이 좋다.

물고기는 대부분 머리 부분이, 짐승의 고기는 꼬리의 부분이 맛이 좋음을 이르는 말.

❋ 물도 고인 물이 썩는다.

흐르는 물은 결코 썩지 않지만 고인 물은 쉽게 썩듯이 사람도 활동을 하지 않으면 쉽게 늙는다는 뜻.

❋ 물도 아껴 쓰면 용왕이 좋아한다.

제아무리 흔한 물건일지라도 절약해서 써야 한다는 뜻.

❋ 물동이 이고 강변으로 물 팔러 간다.

물이 흔한 강변으로 가서 물을 팔아 보았자 팔리지도 않듯이 장사를 물정도 모르고 했다가는 공연히 헛수고만 하게 된다는 말.

118

✽ 물러도 준치요 썩어도 생치다.

　　값어치가 어느 정도 있는 것은 조금 이상이 있어도 여전히
　　그 가치를 가지고 있다는 뜻.

✽ 물려받은 재산은 지키기가 더 어렵다.

　　자신이 직접 돈을 버는 일도 힘들지만 부모로부터 물려받
　　은 재산을 잘 관리하는 것도 힘든 일이라는 말.

✽ 물린 황새와 문 조개와의 싸움이다.

　　옛날 조나라의 소대라는 사람이 혜왕에게 말하기를 역수를
　　건너다보니 조개가 입을 벌리고 있는데 황새가 쪼자 조개
　　가 오므려 놓지 않으므로 어부는 한 번에 둘을 다 잡았다고
　　하는 고사에서 나온 말로 서로 한 치의 양보도 하지 않고
　　싸우다가 둘 다 망해 버린다는 뜻.

✽ 물 만 밥에 목멘다.

　　물에 만 밥이라 안심하고 무조건 막 먹다가 목이 메이듯이
　　쉬운 일이라도 함부로 하다가는 실수할 염려가 있으므로
　　항상 조심하라는 말.

✽ 물 많이 먹은 소가 오줌 많이 눈다.

　　죄를 지은 사람은 그에 상응하는 벌을 받게 마련이라는 뜻.

✽ 물 본 기러기가 그저 지나갈까?

　　자기가 좋아하는 것을 보고 그냥 무심코 지나쳐 갈 수는 없
　　다는 뜻.

✽ 물에 빠져 죽을 사람은 접시 물에도 죽는다.

　　죽을 운명이면 피할 도리가 없다는 뜻.

✽ 물에 빠진 놈 건져 주면 보따리 내놓으란다.

　　어떤 위기에 처한 사람을 구해주니까 고맙다는 인사를 하
　　기는 커녕 도리어 원망만 한다는 뜻.

✽ 물에 빠진 사람은 지푸라기도 잡는다.

몹시 급박한 처지에 놓인 사람은 별로 도움이 안되는 작은 힘에라도 의지해 보려고 안간힘을 쓴다는 뜻.

✽ 물이 깊어야 고기도 모인다.

물이 깊어야 고기가 많이 모이듯이 사람도 도량이 넓어야 무리들이 많이 따르게 마련이라는 말.

✽ 물이 아니면 건너지 말고 인정이 아니면 사귀지 말라.

모릇 사람을 사귈 때에는 이해관계나 도움을 주고 받을 것을 전제로 한 사귐이 아닌 지순한 우정으로 사귀어야 한다는 뜻.

✽ 물장수 삼 년에 엉덩이짓만 남았다.

오랫 동안 열심히 수고한 보람도 없이 아무런 소득도 뜻.

✽ 미련한 놈치고 꾀 있는 놈 없다.

하는 짓이 어리석고 미련한 사람은 영악하지도 못하다는 뜻.

✽ 미운 며느리가 낳아도 손자는 귀엽다.

제아무리 며느리가 밉더라도 손자만은 사랑스럽다는 뜻.

✽ 미운 사람에게 먼저 인사하랬다.

자기가 미워하는 사람에게는 오히려 더 따뜻하게 대해 주어야 한다는 말.

✽ 미운 열 사위 없고 고운 외며느리 없다.

사위는 아무리 많아도 미운 사위가 없이 다 사랑스럽지만 며느리는 하나밖에 없어도 밉게 보인다는 뜻.

✽ 미운 오리가 한 번 더 "끼룩"한다.

미운 사람은 언제나 미운 짓만 골라서 한다는 뜻.

✽ 미인 끝은 여우 된다.

예쁘게 생긴 여자일수록 요사스러운 여자가 될 소지가 많다는 말.

✽ 미인끼리는 서로 투기한다.
　　실력이 서로 비슷한 사람끼리는 시기하게 된다는 뜻.

✽ 미인 소박은 있어도 박색 소박은 없다.
　　용모가 예쁜 여자는 대부분 성격이 까다로와 이혼을 당할
　　경우가 있지만 못생긴 여자는 대개 마음씨가 너그러워 이
　　혼을 당하는 일이 거의 없다는 뜻.

✽ 미인은 추녀의 원수다.
　　못생긴 여자는 예쁜 여자를 시기하여 미워하기 마련이라는
　　말.

✽ 미인은 팔자가 사납다.
　　아름다운 여자는 모두 남자들이 좋아하게 되므로 잘못하면
　　불행해지기 쉽다는 말.

✽ 미주알고주알 다 캔다.
　　공연히 남의 속사정까지 속속들이 캐묻는다는 말.

✽ 미주알고주알 밑두리콧두리 다 캔다.
　　남의 속사정까지 귀찮을 정도로 모조리 다 캐묻는다는 뜻.

✽ 미지근해도 흥정은 잘한다.
　　성격이 다소 우유부단하기는 해도 일은 잘한다는 뜻.

✽ 미쳐도 고이 미치랬다.
　　못된 짓을 하더라도 남에게는 결코 피해를 입히지 말아야
　　한다는 뜻.

✽ 미친 개는 몽둥이가 약이다.
　　막된 행동을 하는 못된 사람은 때려서 버릇을 고쳐야 한다
　　는 뜻.

✽ 미친년 널 뛰듯 한다.
　　제분수를 모르고 함부로 날뛴다는 뜻.

✽ 바느질 못하는 년이 실은 길게 꿴다.

　　일은 잘하지 못하면서도 좋은 도구만 찾는다는 말.

✽ 바늘 가는 데 실도 간다.

　　두 개가 서로 떨어질 수 없는 사이라는 말.

✽ 바늘 구멍으로 황소 바람 들어 온다.

　　겨울에 바깥 날씨가 추울 때에는 제아무리 작은 구멍으로
　　들어오는 바람이라 하더라도 몹시 차가움을 느끼게 된다는
　　말.

✽ 바늘 도둑이 소 도둑 된다.

　　처음에는 조그마한 물건을 훔치다가 나중에는 커다란 소까
　　지 훔치듯이 나쁜 버릇은 자꾸 할수록 늘게 마련이라는 말.

✽ 바다에 가야 큰 고기도 잡는다.

　　사람은 포부가 커야 큰일도 이룰 수 있다는 뜻.

✽ 바람 부는 대로 돛을 단다.

　　세상을 살아가기 위해서는 모름지기 세상 형편에 따라 적

당히 행동해야 한다는 뜻.

❋ 바람 앞에 등불이다.

　대단히 위태로운 상태에 처해 있다는 뜻.

❋ 바보는 약으로 못 고친다.

　사람이 일단 미련하고 어리석게 태어나면 사람의 힘으로는
어떻게 할 수 없다는 말.

❋ 바지 저고린 줄 아나?

　사람 취급을 제대로 안할 때 투덜거리는 말투로 하는 말.

❋ 박복한 과부는 재가를 가도 고자를 만난다.

　운이 따르지 않는 사람은 하는 일마다 안된다는 말.

❋ 반가운 손님도 사흘이다.

　제아무리 귀한 손님이라 하더라도 며칠을 묵고 있으면 싫
증이 난다는 말.

❋ 반달 같은 딸 있으면 온달 같은 사위 삼겠다.

　좋은 것을 가진 사람이라야 더 좋은 것을 얻을 수 있다는
뜻.

❋ 반편이 명산 폐묘한다.

　대단히 어리석고 못난 사람이 명당 자리인지도 모르고 폐
묘를 한다는 뜻.

❋ 반풍수 집안 망치고 선 무당 사람 잡는다.

　올바로 알지도 못하는 사람이 함부로 일을 하다가는 큰 화
를 당하게 된다는 말.

❋ 반한 눈에는 미인이 따로 없다.

　한번 여자에게 반하게 되면 실제로는 못생긴 여자라 하더
라도 아름답게 보인다는 뜻.

❋ 발벗고 나서도 못 따라간다.

　격차가 너무 심해 이를 악물고 따라가도 못 따라간다는 뜻.

� 발벗고 나선다.

자기의 일이나 남의 일에 적극적으로 나서서 노력하는 사람을 가리켜 하는 말.

� 발붙일 곳이 없다.

어느 한 군데도 의지하며 살 곳이 없다는 말.

� 발은 땅위에 있어도 뜻은 구름 위에 있다.

현재는 보잘 것 없는 위치에 있지만 포부만은 원대하게 지니고 있다는 말.

� 발 큰 도둑놈이다.

사람이란 발이 크면 이리저리 잘 다니며 도둑질도 할 수 있고 위급하면 도망도 잘 칠 수 있다는 데서 비롯된 말.

� 밤 간 원수 없고 날 샌 은혜 없다.

원수나 은혜는 오래가지 않고 세월이 가면 자연히 잊혀지게 마련이라는 뜻.

� 밤 계집 보기다.

여자는 어두 컴컴한 밤에 보면 밝은 데서 보는 것보다 더 예쁘게 보인다는 말.

� 밤길에는 짐승보다 사람이 더 무섭다.

어두운 밤길을 다닐 때는 사나운 짐승보다는 강도를 만나는 것이 더 두렵다는 뜻.

� 밤길에 짐승을 만나면 더운 땀이 나고 사람을 만나면 식은 땀이 난다.

어두운 밤길을 걷다가 사람을 만나면 도둑일 가능성이 많으므로 등골이 오싹해져 식은 땀이 난다는 말.

� 밤새도록 생각해 낸 꾀가 겨우 죽을 꾀다.

제아무리 오랫 동안 궁리해 보아도 뾰족한 묘안이 떠오르지 않는다는 뜻.

✤ 밤이 길어야 꿈도 많이 꾼다.

　좋은 여건이 만들어져야 성과도 크게 거둘 수 있다는 뜻.

✤ 밥 빌어먹기는 장타령이 제일이다.

　사람이 체면만 차리지 않는다면 무슨 짓이라도 할 수 있다
　는 뜻.

✤ 밥사발은 눈물이요 죽사발은 웃음이다.

　부자면서 근심 걱정이 많은 것보다는 오히려 가난하더라도
　걱정이 없는 것이 제일이라는 뜻.

✤ 밥알 하나가 귀신 열을 쫓는다.

　병이 났을 때는 돈을 들여 무당을 불러들이지 말고 먹을 것
　을 잘 먹어야 낫는다는 뜻.

✤ 밥에 쌀보다 돌이 적기는 적다.

　밥에 돌이 너무 많이 섞여 있다는 말.

✤ 밥은 열 곳에 가 먹어도 잠은 한 곳에서 자랬다.

　밥은 이곳 저곳을 떠돌아다니며 먹는 한이 있어도 잠만은
　정해진 곳에서 자야 한다는 말.

✤ 밥을 빌어다 죽을 쑤어 먹겠다.

　한심한 행동만 하는 못나고 어리석은 사람이라는 뜻.

✤ 방귀 뀐 놈이 도리어 성을 낸다.

　자기가 잘못을 저질러 놓고도 오히려 큰 소리를 친다는 뜻.

✤ 방망이로 맞고 홍두깨로 때린다.

　사람은 누구나 다 자기가 받은 피해보다 더 크게 복수하려
　한다는 뜻.

✤ 방앗간 본 참새가 그냥 지나갈까?

　평소에 자기가 좋아하던 것을 보고는 그냥 지나쳐 버릴 수
　없다는 뜻.

✤ 방에 가면 시어머니 말이 옳고 부엌에 가면 며느리 말이

옳다.

사람은 누구나 다 자기 편에 서서 왜곡된 말을 하기 쉬우므로 송사는 양쪽의 말을 잘 듣고 정확한 판단을 해야 한다는 뜻.

✽ 방에서 더 먹는가 부엌에서 더 먹는가 한다.

서로 상대방이 더 많은 이익을 차지할까봐 의심을 한다는 뜻.

✽ 방위 보아 똥 눈다.

무슨 일이든지 주위의 상황을 잘 살펴 보고 해야 한다는 뜻.

✽ 방정맞거든 성미나 급하지 말아야지.

방정맞으면서 또한 성미까지 급하듯이 좋은 점이 하나도 없다는 뜻.

✽ 방 중에는 서방이 제일이요 집 중에는 계집이 제일이다.

여자에게 있어서는 자기 남편보다 더 좋은 사람이 없고 남자에게 있어서는 자기 아내보다 더 좋은 사람이 없다는 말.

✽ 밭 팔아 논 살 때는 이밥 먹자고 하였지.

사람이 그동안 하던 일이나 직업을 그만 두고 다른 일이나 직업으로 전업을 한 것은 이전보다 더 나은 삶을 위혜서인데 사실 결과는 그보다 더 못하거나 신통치 않을 때를 두고 하는 말.

✽ 배보다 배꼽이 더 크다.

마땅히 커야 할 주된 것이 작고 작아야 할 부수적인 것이 오히려 크다는 뜻.

✽ 배운 도둑질은 못 버린다.

한번 몸에 밴 습성은 뜯어고치기가 매우 힘들다는 뜻.

✽ 배워서 남 주나.

배우면 다 자기에게 유리한 것이므로 열심히 배움에 임하라는 뜻.

✽ 백년을 다 살아야 삼만 육천 일.

　　사람이 아무리 오래 살아도 그 일생을 따져 보면 짧은 기간
　　이라는 뜻.

✽ 백년하청을 기다린다.

　　제아무리 기다려도 이루어지지 않을 일을 어리석게 기다린
　　다는 뜻.

✽ 백 번 듣는 것이 한 번 보는 것만 못하다.

　　실제로 한 번 보고 확인 하는 것이 말로만 백 번을 듣는 것
　　보다 더 낫다는 뜻.

✽ 백미에도 뉘가 있고 옥에도 티가 있다.

　　제아무리 뛰어난 인물에게도 사소한 허물은 있게 마련이라
　　는 뜻.

✽ 백발 막을 장사 없다.

　　세월이 흘러 나이가 드는 것은 사람의 힘으로는 막을 수 없
　　다는 뜻.

✽ 백성들의 소리는 하늘의 소리다.

　　여론은 대개 옳은 것이므로 여론에 따라 정치를 해야 한다
　　는 뜻.

✽ 백옥도 떨어뜨리면 흠이 생긴다.

　　제아무리 착한 사람이라 하더라도 한번 잘못을 저지르게
　　되면 그 허물을 벗기 어렵다는 뜻.

✽ 백 일 붉은 꽃없고 천 일 좋은 사람 없다.

　　어떠한 일이든 한창 때가 있어 그 시기가 지나고 나면 쇠퇴
　　하게 마련이라는 말.

✽ 백정도 돈만 있으면 해라 소리를 안 듣는다.

　　제아무리 못난 사람이라 하더라도 돈만 있으면 남들로부터

대우를 받는다는 뜻.

✸ 백짓장도 마주 들면 가볍다.

쉽고 하찮은 일이라 하더라도 여러 사람이 힘을 합쳐서 하면 훨씬 수월하다는 뜻.

✸ 밴아이 사내 아니면 계집이지.

정해진 둘 중의 어느 하나를 꼭 선택하여 하지 않으면 안될 때를 두고 하는 말.

✸ 뱁새가 황새 걸음을 따르면 가랑이가 찢어진다.

자기자신의 분수도 제대로 모르고 남을 따라 무조건 하다가는 실패하기 쉽다는 뜻.

✸ 뱃대기에 기름이 끼는 모양이다.

사람이 예전과는 다르게 몹시 거드름을 피운다는 뜻.

✸ 버릇 배우라니까 과부집 문고리 빼들고 엿장수 부른다.

자기의 허물인 잘못을 고치라니까 오히려 더 못된 짓을 하고 다니는 사람을 보고 하는 말.

✸ 버릇없기는 과부 딸이다.

평소에 가정 교육을 제대로 받지 못한 사람을 가리켜 하는 말.

✸ 버린 자식이다.

너무나도 하는 짓이 못돼서 아예 자식 취급을 하지 않는다는 말.

✸ 번갯불에 콩 볶아 먹겠다.

매사에 약싹바르고 매우 민첩한 사람을 가리켜 하는 말.

✸ 번번이 시끄럽게 웃으면 미친 사람이 된다.

때와 장소도 분별하지 않고 요란스럽게 웃으면 미친 사람 취급을 당하기 쉽다는 뜻.

✸ 벌거벗고 환도 차기.

자기의 분수에 지나치게 어울리지 않게 행동하는 사람을 가리켜 하는 말.

✱ 벌레 먹는 콩은 콩이 아닌가?

제아무리 못난 사람도 사람이기는 마찬가지이므로 너무 무시해서는 안된다는 뜻.

✱ 벌 쐰 사람 같다.

마치 벌에 쏘인 사람처럼 허겁지겁 마구 도망간다는 말.

✱ 벌 잡아먹은 두꺼비 상이다.

벌을 잡아먹은 두꺼비가 벌에게 입을 쏘여 갖은 상을 다 찡그리듯이 인상을 잔뜩 쓰고 있는 사람을 가리켜 하는 말.

✱ 벌집 구멍에 까치 알은 넣을 수 없다.

작은 벌집 구멍에 까치 알을 넣을 수 없듯이 소(小)는 대(大)를 결코 지배하지 못한다는 뜻.

✱ 범 굴에 들어가야 범을 잡는다.

목적달성을 위해서는 어떠한 어려움에도 굴하지 않고 적극적으로 일을 해야 하며, 그래야만 뜻한 바를 이룰 수 있다는 뜻.

✱ 범도 잡고 나면 불쌍하다.

못된 짓을 너무 많이 해 싫어했던 사람도 죽고 나면 불쌍한 생각이 든다는 말.

✱ 범도 제 소리 하면 오고 사람도 제 말 하면 온다.

아주 적절한 때에 나타나는 경우를 두고 하는 말.

✱ 범 무서워 산에 못 갈까?

어떠한 일을 진행하는데 있어서 사소한 장애물 때문에 일을 포기할 수는 없다는 뜻.

✱ 범 없는 골에 토끼가 스승이다.

자기보다 훌륭한 사람이 없는 틈을 타서 못난 자신은 생각하지 않고 잘난체 하는 사람을 두고 비꼬아 하는 말.

✱ 범은 죽어서 가죽을 남기고 사람은 죽어서 이름을 남긴다.

호랑이가 죽어서 가죽을 남기는 것처럼 사람도 죽은 후에 길이 빛날 이름을 남겨야 한다는 뜻.

✱ 법 없어도 살 사람이다.

법적인 문제를 굳이 따지지 않더라도 못된 행동을 하지 않을 매우 선한 사람이라는 뜻.

✱ 법은 멀고 주먹은 가깝다.

이치에 맞게 시비를 따지기에 앞서 우선 휘두르기 쉬운 폭력을 행사한다는 뜻.

✱ 벙어리가 말은 못해도 눈치는 빠르다.

비록 배운 것이 없어서 정확한 표현은 하지 못해도 눈치로는 짐작을 한다는 뜻.

✱ 벙어리 냉가슴 앓듯 한다.

벙어리가 하고 싶은 말을 못해 혼자 끙끙 앓듯이 다른 사람들에게는 차마 말하지 못할 고민으로 인해 혼자 애를 태운다는 뜻.

✱ 벙어리 속은 그 어머니도 모른다.

사람은 말을 하지 않으면 비록 그를 낳은 어머니라도 그 속을 알 수 없다는 뜻.

✱ 벼는 익을수록 고개를 숙인다.

많이 배운 사람이면 많이 배운 사람일수록 하는 행동이 공손하다는 뜻.

✱ 벼룩 간을 내어 먹겠다.

남의 하찮은 수입까지도 빼앗아가는 모진 사람을 두고 하는 말.

✱ 벼룩 눈에는 사람 손가락이 하나밖에는 안 보인다.

130

견문이 좁은 사람은 어떤 현상에 대해 폭넓은 인식을 하기
어렵다는 말.

✳ **벼룩도 낯짝이 있다.**

작고 하찮은 미물도 낯짝이 있는데 하물며 사람이 염치가
없어서야 되겠느냐는 뜻.

✳ **벼슬은 높이고 마음은 낮추라.**

사람은 지위가 점점 높아지면 높아질수록 겸손한 자세가
되어야 한다는 뜻.

✳ **벽을 치면 대들보가 울린다.**

벽을 치면 그와 연결되어 있는 대들보도 영향을 받듯이 당
사자에게 직접 이야기하지 않고 그 주위 사람에게 이야기
해도 당사자의 귀에 들어가게 마련이라는 말.

✳ **변덕이 죽 끓듯 한다.**

마음이 시시때때로 바뀌는 간사한 사람이라는 뜻.

✳ **병든 뒤에야 건강이 보배라는 것을 생각하게 된다.**

자신이 직접 병이 들어 고생을 해보아야 비로소 건강의 중
요성을 절실히 깨닫게 된다는 뜻.

✳ **병신보고 병신이라면 노여워한다.**

바른 말도 때로는 피해야 할 때가 있다는 뜻.

✳ **병신이 꼴값한다.**

사람으로서의 구실도 제대로 못하는 주제에 못된 짓만 한
다는 뜻.

✳ **병신이 육갑한다.**

사람 구실도 제대로 못하는 주제에 엉뚱한 짓을 하는 경우
를 두고 하는 말.

✳ **병신치고 한 가지 재주 없는 사람 없다.**

아무리 못난 사람이라도 한 가지 재주 정도는 다 가지고 있

다는 말.

✽ 병 없고 빚 없으면 산다.

제아무리 고생스러운 생활을 하더라도 몸만 건강하고 빚만
없으면 살아갈 수 있다는 뜻.

✽ 병은 숨기면 못 고친다.

병은 되도록이면 여러 사람에게 알려야 그에 따른 비방도
얻을 수 있게 된다는 뜻.

✽ 병은 입으로 들어가고 화는 입에서 나온다.

대부분의 병은 음식을 잘못 먹어서 생기는 것이며 대부분
의 화는 말을 잘못해서 생기는 것이라는 뜻.

✽ 병 주고 약 준다.

사람을 자기 마음대로 농락한다는 뜻.

✽ 병 한 가지에 약은 천 가지다.

병은 한 가지일지라도 그에 따른 약은 무수히 많다는 뜻.

✽ 보기 좋은 떡이 맛도 있다.

겉모습이 좋은 것이라야 내용도 좋다는 뜻.

✽ 보나마나 들으나마나다.

자기가 직접 눈으로 보거나 귀로 듣지 않아도 마치 보는 것
처럼 환하게 알 수 있는 일이라는 뜻.

✽ 보따리 내주며 자고 가란다.

행동으로는 싫어하는 기색을 보이면서 말로는 좋아하는 체
한다는 말.

✽ 보리밥에는 고추장이 제격이다.

무엇이든 잘 어울리는 것이 따로 있다는 뜻.

✽ 보리 안 패는 삼월 없고 벼 안 패는 유월 없다.

보통 삼월경에는 보리가 패고 유월 경에는 벼가 패게 된다
는 뜻.

✿ 보릿고개 때에는 딸네 집에도 가지 말랬다.

묵은 곡식은 이미 다 없어지고 보리는 아직 여물지 않아 농가 생활에 가장 어려운 음력 사 오월경을 보릿 고개라 하는데 이 때는 어느 집이나 어려움을 겪게 마련이므로 가까운 친척집이라 하더라도 폐가 되므로 가지 말라는 말.

✿ 보면 밉고 안 보면 보고 싶다.

그동안 미운 정 고운 정이 다 들어 버린 부부간이나 부모와 자식간에는 보면 미운 짓을 하니까 밉고, 그래도 떨어져 있으면 그리워진다는 뜻.

✿ 보살도 첩노릇을 하면 변한다.

제아무리 너그러운 사람이라도 일단 첩노릇을 하면 마음이 간사스럽게 변한다는 뜻.

✿ 복숭아는 밤에 먹고 배는 낮에 먹으랬다.

복숭아 벌레는 먹어도 몸에 아무 해가 없으므로 어두운 밤에 먹어도 괜찮지만 배 벌레는 먹지 않는 것이 좋으므로 환한 데서 먹어야 한다는 말.

✿ 복 없는 놈은 곰을 잡아도 웅담이 없다.

복이 없는 사람은 하는 일마다 잘 안된다는 말.

✿ 복 없는 처녀 봉놋방에 가 누워도 고자 곁에 눕는다.

재수가 없는 사람은 무슨 일을 하든지 손해만 본다는 뜻.

✿ 복은 쌍으로 안 오고 화는 홀로 안 온다.

좋은 일은 여러가지가 겹쳐서 오지 아니하지만 나쁜 일은 한꺼번에 겹쳐서 온다는 뜻.

✿ 복은 조그마한 일에서부터 생긴다.

복은 조그마한 선한 일을 베푸는 데서부터 생긴다는 말.

✿ 볶은 콩과 계집은 곁에 두지 말랬다.

볶은 콩이 옆에 있으면 자꾸 집어먹게 되는 것처럼 여자도 남자와 같은 방에 있게 되면 서로 정을 통하게 된다는 뜻.

✻ 복은 화가 숨어 있는 곳에 있다.

사람에게 있어서 복은 멀리 있는 것이 아니라 화가 숨어 있는 곳에 있기 때문에 화를 멀리하면 저절로 복이 오게 마련이라는 뜻.

✻ 복 있는 과부는 앉아도 요강 꼭지에만 앉는다.

복이 있는 사람은 하는 일마다 운이 따른다는 뜻.

✻ 복이 지나가면 재앙이 온다.

즐거움이 다하고 나면 고생스러운 날이 오게 마련이라는 뜻.

✻ 복장이 뜨뜻하니까 생시가 꿈인 줄 안다.

그동안 가난하게 지내던 사람이 어느 날 갑자기 부자가 되니까 몹시 거드름을 피운다는 뜻.

✻ 복종하는 자는 살려 줘야 한다.

자기에게 복종하고 머리를 죽이는 사람은 죽이지 말고 목숨을 살려 주어야 한다는 뜻.

✻ 본 개나 말은 잘못 그려도 보지 못한 도깨비는 잘 그린다.

자기가 눈으로 직접 본 개나 말은 못 그리면서 보지도 못한 도깨비는 잘 그리듯이 정작 하라는 일은 못하면서도 하지 말라는 일은 잘한다는 뜻.

✻ 본 놈이 도둑질도 한다.

무엇이든 많이 알아야 한다는 뜻.

✻ 본 사람과 못본 사람이 다투면 본 사람이 진다.

실제로 알고 있는 사람보다 모르는 사람이 더 우김질을 잘한다는 뜻.

✻ 봄 꿩은 제 울음에 죽는다.

자기의 잘못을 자기 스스로 노출시켜서 벌을 받게 된다는

뜻.

✱ **봄 사돈은 꿈에 볼까 두렵다.**

　농가에서 가장 어려운 봄에는 후하게 대접해야 할 귀한 손 님이 올까 두려울 정도로 식량이 없다는 뜻.

✱ **봄에 꽃이 피지 않으면 가을에 열매가 열리지 않는다.**

　사람은 젊은 시절에 학문에 전념하지 않으면 입신출세하기 어렵다는 뜻.

✱ **봄이 온다고 죽은 나무에도 잎이 필까?**

　한번 죽은 사람은 살아날 수 없다는 뜻.

✱ **봄 추위와 늙은이 근력은 오래가지 못한다.**

　꽃샘 추위는 금방 지나가는 것처럼 건강이 좋다 하더라도 늙은이는 곧 죽게 된다는 뜻.

✱ **봉 가는 데 황도 간다.**

　항상 서로 떨어지지 않고 같이 다니는 것을 가리켜 하는 말.

✱ **봉사가 봉사를 인도하면 둘이 다 개천에 빠진다.**

　어리석은 사람들끼리 동업을 하게 되면 둘 다 망하게 된다 는 뜻.

✱ **봉사가 아니거나 개천이 아니거나.**

　둘 중에 한 가지 잘못만 없었더라도 변을 당하지는 않았을 것이라는 뜻.

✱ **봉사 눈치 배우지 말고 점 배우랬다.**

　사람은 누구나 다 자기에게 어울리는 일을 해야 한다는 뜻.

✱ **봉사는 애꾸를 부러워한다.**

　사람마다 원하는 것이 상대적인 것이라는 뜻.

✱ **봉사도 장님이라면 좋아한다.**

　똑같은 말이라도 존칭어를 쓰면 듣기 좋아한다는 뜻.

✱ **봉사도 쳐다보기는 한다.**

형식은 그럴 듯하게 갖추었으나 정작 중요한 실속이 없다는 뜻.

✽ 봉사 문고리 잡기다.

눈이 먼 사람이 아무렇게나 잡은 것이 적중해서 문고리를 잡듯이 되는 대로 한 일이 다행스럽게도 잘 되었다는 뜻.

✽ 봉사에게 눈짓하고 벙어리에게 귓속말 하기다.

아무 소용도 없는 일에 헛고생만 한다는 뜻.

✽ 봉사 제 닭 잡아먹은 격이다.

봉사가 자기 닭을 잡아먹은 줄도 모르고 좋아하듯이 어리석고 미련한 사람이 이익을 본 줄 알고 기뻐했으나 결국은 자기가 손해 보는 일을 했다는 뜻.

✽ 봉산 참배는 물이나 있지.

봉산에서 나는 참배는 물이라도 있지만 상대방은 아무런 쓸모가 없는 존재라는 뜻.

✽ 봉은 굶주려도 좁쌀은 먹지 않는다.

위대한 사람은 제아무리 힘들더라도 구차한 짓은 하지 않는다는 뜻.

✽ 봉이 김 선달 대동강 물 팔아먹듯 한다.

얼토당토 않는 행동으로 남을 속인다는 뜻.

✽ 봉이 봉 새끼를 낳는다.

훌륭한 부모 밑에서 자라난 아이는 부모와 같이 훌륭한 사람이 된다는 뜻.

✽ 부귀에 눈이 어두우면 부끄러움을 모른다.

부와 명예에 한번 눈이 어두워진 사람은 부끄러운 줄도 모른다는 뜻.

✽ 부귀하면 남들도 모여들지만 빈천하면 친척도 떠나간다.

세도가 있고 돈이 있을 때는 아첨하며 모여들던 사람들도 막상 세력이 없어지고 가난하게 되면 외면하며 푸대접한다는 뜻.

✷ 부른 배가 고픈 배보다 더 답답하다.

지나친 것이나 모자란 것이나 다같이 좋지 못하다는 말이지만 정도에 너무 지나친 것은 더 나쁘다는 말.

✷ 부모가 반 팔자다.

사람은 누구나 다 부모에 의해 운명의 반 정도는 이미 결정된다는 뜻.

✷ 부모는 먹지 않고 자식을 주고 자식은 먹고 남아야 부모를 준다.

자식이 부모 생각하는 마음은 부모가 자식 생각하는 마음에 도저히 미칠 수 없다는 뜻.

✷ 부모는 문서 없는 종이다.

부모는 한평생 자식의 뒷바라지만 하다가 늙어 죽어간다는 뜻.

✷ 부모를 공경하는 사람은 남에게 거만하지 않는다.

부모를 공경할 줄 아는 사람은 주위의 다른 사람들에게도 겸손하게 대한다는 뜻.

✷ 부모 속에는 부처가 들어 있고 자식 속에는 앙칼이 들어 있다.

부모는 자식에게 자신의 모든 것을 희생해 가면서 사랑을 다하지만 자식은 부모에게 늘 불평 불만이 많다는 뜻.

✷ 부모 속이지 않는 자식 없다.

모든 사람들은 대개 정도의 차이는 있을망정 부모에게 거짓말을 하게 마련이라는 뜻.

✷ 부모의 마음을 십분의 일만 알아줘도 효자다.

부모의 마음을 조금만 헤아릴 수 있어도 효자라는 뜻.

✳ 부모의 정은 자식에게 약이다.

제아무리 못된 사람이라도 부모의 한없는 정에는 마음이
움직여 개과천선하게 된다는 뜻.

✳ 부부가 좋다고 하는 것은 죽을 때까지 떨어지지 않고 살
기 때문이다.

부부는 고생스러운 일이나 즐거운 일을 함께 하면서 한평
생을 같이 지내게 되므로 부부사이가 가장 좋다는 뜻.

✳ 부부가 참지 않으면 자식들을 외롭게 만든다.

부부 사이에 서로 이해하지 못해 싸움이 잦게 되면 결국 아
이들이 불행하게 된다는 뜻.

✳ 부부간도 돌아누우면 남이 된다.

아무리 가까왔던 부부사이라 하더라도 일단 갈라서게 되면
남이 된다는 뜻.

✳ 부부간에도 담은 있어야 한다.

제아무리 가까운 부부간이라 하더라도 지켜야 할 예의는
있다는 뜻.

✳ 부부는 무촌이다.

부부사이는 무촌이므로 가장 가까운 사이이지만 또한 헤어
지게 되면 남과 같이 된다는 말.

✳ 부유하게 되면 교만하게 되고 교만하게 되면 게을러지게
된다.

매우 어렵게 살던 사람이 부자가 되면 거만해지기 쉬우며
거만하게 되면 자칫 나태해지기 쉽다는 뜻.

✳ 부자가 되면 아는 친척보다 모르는 친척이 많다.

재산이 많게 되면 가난하던 시절에는 찾아오지 않던 친척
들도 많이 찾아온다는 뜻.

✳ 부자가 망하면 삼 년 간다.

돈이 많던 사람은 망한다 해도 그동안 모아 놓은 재산이 있기 때문에 당분간은 넉넉하게 지낼 수 있다는 뜻.

✳ 부자가 없는 놈보고 왜 고기 안 먹느냐고 한다.

모르지기 부자는 가난한 사람의 형편을 이해하지 못한다는 뜻.

✳ 부자 삼대 못 가고 가난 삼대 안 간다.

돈은 한 군데만 오래 머물러 있는 것이 아니라 떠돌아다니므로 부자도 계속 부를 유지하지는 못하며 가난한 사람도 돈을 벌 때가 있다는 뜻.

✳ 부자와 재떨이는 모일수록 더러워진다.

사람은 누구나 돈을 벌게 되면 점점 더 구두쇠가 된다는 뜻.

✳ 부자 욕하는 것은 없는 놈이다.

어려운 환경에 처한 사람은 좋은 환경에 처한 사람을 시기하게 마련이라는 뜻.

✳ 부자 저승보다 거지 이승이 낫다.

비록 고생스럽게 살더라도 죽는 것보다는 사는 것이 낫다는 뜻.

✳ 부자 조상 안 둔 가난뱅이 없고 가난뱅이 조상 안 둔 부자 없다.

가난함과 부자는 돌고 도는 것이기 때문에 부를 오래 유지하기도 어렵고 가난한 생활이 계속되지도 않는다는 뜻.

✳ 부자 하나 나면 세 동네가 망한다.

부가 어느 한 쪽으로 편중되면 당연히 그 주위에 있는 사람들은 망하게 된다는 뜻.

✳ 부자집도 거지 집에서 얻어 오는 것이 있다.

아무리 부자집이라 하더라도 없는 것이 있다는 뜻.

✳ 부자집에 마른 개 없고 가난한 집에 살찐 닭 없다.

부자집에는 먹을 것이 풍족해 기르는 짐승조차 살이 찌지만 가난한 집에는 먹을 것이 너무 없어 닭 모이 줄 것조차 변변치가 못하다는 뜻.

✽ 부자집 외상보다 거지 맞돈이 낫다.

상거래에 있어서는 외상으로 많이 파는 것보다는 적게 팔더라도 현금으로 파는 것이 낫다는 뜻.

✽ 부조는 못 하나마 젯상은 부수지 말랬다.

다른 사람의 일에 도움을 주지는 못할망정 훼방을 놓아서는 안된다는 뜻.

✽ 부지런하고 밥 굶는 사람 없다.

사람은 누구나 다 열심히 노력만 한다면 가난을 면할 수가 있다는 뜻.

✽ 부처님 가운데 토막 같다.

성격이 매우 젊잖고 유순한 사람을 가리켜 하는 말.

✽ 부처님 공양 말고 배 고픈 사람에게 구민 주랬다.

자기의 복을 구하기 위해 부처님께 공양을 바치는 것보다는 차라리 눈앞에 보이는 어려운 사람에게 도움을 주는 것이 훨씬 더 선한 행동이라는 뜻.

✽ 부처님 위해서 불공하나 저 위해서 불공하지.

권세가 높은 사람에게 뇌물을 바치는 것도 그 사람을 위해서 바치는 것이 아니라 다 바라는 속셈이 있어서 하는 것이라는 뜻.

✽ 부처님이 살찌고 안 찌는 것은 석수 손에 달렸다.

일에 대한 결과는 직접 그 일을 진행한 사람이 어떻게 했느냐에 의해 좌우된다는 뜻.

✽ 부처 밑을 들추면 삼거웃이 드러난다.

제아무리 성인 군자라 하더라도 그 속을 들여다보면 허물이 있게 마련이라는 뜻.

✱ 북두칠성이 앵도라졌다.

하고자 하는 일이 이미 틀어졌다는 뜻.

✱ 북 치고 장구 치고 한다.

여러 사람이 할 일을 혼자서 도맡아서 한다는 뜻.

✱ 분다 분다 하니까 하루 식전에 왕겨 한 섬을 분다.

사람은 누구나 다 잘한다고 칭찬을 해주면 더욱 더 기를 쓰고 한다는 뜻.

✱ 분수를 잘 지키면 귀신도 대들지 못한다.

자기의 분수를 지켜 생활하는 사람에게는 어느 누구도 간섭하지 못한다는 뜻.

✱ 불공도 돈이 있어야 한다.

세상을 살아가는 데 있어서 돈 없이 되는 일은 한 가지도 없다는 뜻.

✱ 불난 끝은 있어도 물난 끝은 없다.

불이 나면 재산이 타고난 재라도 남아 있지만 물난리가 나면 재산을 모조리 쓸어가 버리므로 남아있는 것이라곤 아무것도 없다는 뜻.

✱ 불 구경과 싸움 구경은 양반도 한다.

제아무리 점잖은 사람도 불 구경과 싸움 구경은 보고 싶어 한다는 뜻.

✱ 불난 데 부채질한다.

상대방의 어려운 상황을 더욱 어렵게 만든다는 뜻.

✱ 불 난 집이 재수 있다.

한 번 불이 났던 집에 살게 되면 불꽃이 타오르듯이 재산이 불어나 부자가 된다고 하는 데서 생겨난 말.

✱ 불운이 극도에 달하면 행운이 온다.

극한적인 고생까지 겪고 나면 마침내 어느 땐가는 좋은 일
이 생기게 된다는 뜻.

❋ **불의로 모은 재산은 오래가지 못한다.**
부정한 방법으로 번 돈은 결코 오래가지 못한다는 뜻.

❋ **불탄 개 가죽 같다.**
불에 탄 개 가죽이 오그라들듯이 재산이 모이기는 커녕 점
점 더 줄어드는 것을 가리켜 하는 말.

❋ **붙은 불은 꺼도 넘는 물은 막기 어렵다.**
물난리가 화재보다 더 위험하다는 뜻.

❋ **비가 와도 양반 걸음이다.**
소나기가 와도 양반의 팔자 걸음으로 느긋하게 걷듯이 제
아무리 바쁜 일이 있어도 태평스럽게 행동하는 사람을 가
리켜 하는 말.

❋ **비는 놈한테는 용 빼는 재주 없다.**
자기가 잘못한 일에 대해 뉘우치고 사죄하는 사람에게는
누구나 모진 벌을 내릴 수 없다는 뜻.

❋ **비는 데는 귀신도 물러간다.**
자기가 저지른 잘못을 뉘우치고 비는 사람은 귀신도 용서
해 준다는 뜻.

❋ **비 맞은 김에 머리 감는다.**
그동안 벼르고 있던 일은 좋은 기회가 주어질 때 해치운다
는 뜻.

❋ **비지로 채운 배는 고량진미도 마다한다.**
한번 배가 부르고 나면 제아무리 맛있는 음식이라도 눈에
들어오지 않는다는 뜻.

❋ **빈대도 낯짝이 있다.**
몹시 뻔뻔스럽고 염치가 전혀 없는 사람을 가리켜 하는 말.

142

✳ 빈대 죽는 맛에 초가 삼간 다 태운다.

별로 대단치도 않은 감정상의 문제로 화풀이를 하다가 막대한 손해를 보게 되었다는 뜻.

✳ 빈 수레가 더 요란하다.

별로 아는 것도 없는 사람이 오히려 더 나서서 잘난 체 한다는 뜻.

✳ 빈 외양간에 소 들어간다.

매우 어려웠던 집안이 부자가 되었다는 뜻.

✳ 빌려 준 사람은 안 잊어도 빌린 사람은 잊는다.

자기가 급해서 빌려 쓴 사람은 한번 쓰고 나면 잊기가 쉬워도 빌려 준 사람은 좀처럼 잊지를 않는다는 뜻.

✳ 빌어 먹어도 타향에 가 빌어 먹으랬다.

구차한 짓을 하더라도 사람으로서 갖추어야 할 최소한의 체면은 차려야 한다는 뜻.

✳ 빚은 얻는 날부터 걱정이다.

남에게 빚을 얻어 쓰면 빌려 쓰는 날부터 걱정스럽기 때문에 웬만하면 빚은 얻어 쓰지 말라는 말.

✳ 빚은 이자도 늘고 걱정도 는다.

남에게 돈을 빌려 쓰면 이자도 금방 불어나고 걱정도 떠날 날이 없으므로 되도록이면 남의 돈을 쓰지 말라는 말.

✳ 빚을 얻을 때는 웃고 갚을 때는 찡그린다.

자기가 급해서 돈을 빌려 쓸 때는 웃는 낯으로 빌려 쓰지만 이자와 함께 돈을 갚을 때는 아까운 생각이 들어 속이 상한다는 뜻.

✳ 빚을 줄 때는 부처님이요 받을 때는 염라대왕이다.

자기가 아쉬워서 돈을 얻어 쓴 사람은 돈을 가진 사람이 자기에게 돈을 꾸어 줄 때에는 자기를 구원해 준 부처님처럼

자비롭게 보였으나 돈을 갚으라는 독촉을 받을 때는 염라
대왕처럼 잔인하게 느껴진다는 뜻.

❋ 빚 주고 원한 사지 말랬다.

금전적인 거래를 하게 되면 결국 사이가 나빠지게 되므로
금전 거래는 되도록 하지 않는 것이 좋다는 뜻.

❋ 빚 지고 거짓말 않는 놈 없다.

남에게 돈을 빌려 쓰고는 제 때에 갚지 못하게 되면 어쩔
수 없이 거짓말을 하게 된다는 뜻.

❋ 빚 지면 문서 없는 종 된다.

남에게 돈을 얻어 쓰고 나면 자연히 빌린 사람에게 종처럼
눌려지내게 된다는 뜻.

❋ 빨간 상놈이요 푸른 양반이다.

상놈은 스스로 창피한 줄도 모르고 모든 것을 드러내 놓고
살고 양반은 서슬이 퍼렇다고 하는 데서 비롯된 말.

❋ 뺑덕 어미 같다.

성격이 몹시 좋지 못하고 살림에는 신경을 쓰지 않고 밖으
로만 돌아다니는 여자를 두고 하는 말.

❋ 뺨 맞아 가며 장기 훈수둔다.

남에게 욕을 얻어먹으면서도 굳이 참견을 한다는 말.

❋ 뺨 맞을 놈이 여기 때려라 저기 때려라 한다.

죄를 지어 벌을 받을 놈이 벌을 줄 사람보다도 오히려 더
큰 소리를 친다는 뜻.

❋ 뻐드렁니 수박 먹기는 좋다.

평상시에는 불편하게 생각했던 것도 적절하게 쓰일 때가
있다는 뜻.

人

✽ 사공이 많으면 배가 산으로 올라간다.

　　한 가지 일을 여러 사람이 하게 되면 의견이 엇갈려 실패하기 쉽다는 말.

✽ 사기 장수는 사 곱, 옹기 장수는 오 곱, 칠기 장수는 칠 곱 남는다.

　　장사하는 가운데서 사기 장사는 네 배의 이익이 남고 옹기 장사는 다섯 배의 이익이 남으며 칠기 장사는 일곱 배의 이익이 남는다는 말.

✽ 사나운 개도 사귀면 안 짖는다.

　　아무리 나쁜 사람이라 하더라도 일단 친해지고 나면 피해를 입히지 않는다는 말.

✽ 사나운 개 콧등 아물 새 없다.

　　사납고 못된 짓을 많이 해 남과 잘 다투는 사람은 상처가 없어질 날이 없다는 말.

✽ 사나운 사람의 원망을 풀어 주는 데는 울음보다 더 빠른

것은 없다.

아무리 사납고 못된 사람이라도 눈물에는 약하다는 말.

✱ **사내는 아무리 가난해도 계집과 탕반은 있다.**

아무리 없는 집 남자라도 돈 없어서 장가 못 가는 일은 없다는 말.

✱ **사내는 자기가 한 말에 책임을 져야 한다.**

사나이 대장부는 자기가 한 말에 대한 책임은 반드시 져야 하므로 입이 무거워야 한다는 말.

✱ **사내는 책이요 여자는 거울이다.**

남자는 책을 보면서 지식을 얻는 것을 좋아하고 여자는 거울을 보면서 멋 부리기를 좋아한다는 말.

✱ **사내 등골을 빼먹는다.**

여자가 알뜰하지가 못해서 남편을 죽도록 고생시킨다는 말.

✱ **사돈네 남의 말한다.**

내가 해야 할 말을 도리어 남이 먼저 나서서 한다는 말.

✱ **사돈도 이럴 사돈 있고 저럴 사돈 있다.**

같은 사돈이라도 이렇게 대할 사돈이 있고 저렇게 대할 사돈이 있듯이 같은 일이라도 상대방에 따라 태도를 달리하게 된다는 말.

✱ **사돈의 팔촌이다.**

먼 친척도 되지 않는 남남이라는 말.

✱ **사돈 집과 짐바린 골라야 좋다.**

말이나 소의 등에 짐을 실을 때는 양쪽 짐의 무게가 같아야 많은 짐을 실을 수 있듯이, 사돈 집도 서로 간에 가문이나 재산, 학식 정도가 엇비슷해야 좋다는 말.

✱ **사또 떠난 뒤에 나팔 분다.**

무슨 일이든지 적절한 시기에 하지 못하고 때를 놓치고 나면 헛수고를 한 것에 지나지 않는다는 말.

✻ 사또 말씀이야 다 옳다는 격이다.

높은 지위에 있는 사람의 말이니까 속으로는 반대하면서도 겉으로는 다 옳다고 한다는 뜻.

✻ 사람과 쪽박은 있는 대로 쓴다.

살림을 살아가는 데 있어서 쪽박은 있는대로, 많이 있으면 많이 쓰이고 적게 있으면 적게 쓰인다. 마찬가지로 사람도 제각기 쓸모가 있으므로 제아무리 많다고 하더라도 저마다 쓰일 일이 있다는 말.

✻ 사람도 궁하게 되면 속이게 된다.

아무리 착한 사람이라도 극한 상황에 처하게 되면 어쩔 수 없이 남을 속이게 된다는 말.

✻ 사람에게 홀리면 덕을 잃고 물건에게 홀리면 본심을 잃는다.

아무리 현명한 사람이라도 사람이나 물건에 일단 현혹되고 나면 이성적인 판단이 흐려지게 되므로 이를 경계해야 한다는 말.

✻ 사람 위에 사람 없고 사람 아래 사람 없다.

사람은 신분이나 부에 따라 많은 차이가 있지만 본질적으로는 평등한 존재이므로 남을 함부로 업신여겨서는 안된다는 말.

✻ 사람은 가난하면 무식하고 말은 마르면 털이 길어진다.

집안 살림이 넉넉하지 못하면 공부를 할 수 없으므로 유식해질 수가 없다는 말.

✻ 사람은 같은 처지가 되면 다같은 행동을 하게 된다.

사람은 누구나 마찬가지이므로 같은 환경에 놓이게 되면 다같은 행동을 하게 마련이라는 뜻.

✽ 사람은 급하게 되면 꾀도 생긴다.
　궁지에 몰리게 되면 거기에서 벗어날 수 있는 묘안도 생기게 된다는 말.

✽ 사람은 마음으로 굴복케 해야 감히 거역하지 않는다.
　상대방을 진심에서 우러나온 마음으로 굴복시켜야 다시는 배반하지 않는다는 말.

✽ 사람은 만물의 영장이다.
　사람은 이 세상 온갖 만물 중에서 가장 으뜸이라는 말.

✽ 사람은 말을 잘한다고 어진 사람이 아니다.
　말과 행실은 일치하지 않을 수가 있으므로 말만 잘한다고 해서 착한 사람이 아니라 실제로 실천을 해야 착한 사람이라는 말.

✽ 사람은 발이 따뜻해야 하고 개는 입이 따뜻해야 한다.
　사람은 발이 따뜻해야 잠을 편하게 잘 수 있고 개는 입이 따뜻해야 편히 잘 수 있다는 말.

✽ 사람은 빈손으로 왔다가 빈손으로 간다.
　사람은 빈손으로 태어났다가 빈손으로 묻히게 마련이므로 이 세상의 부귀 영화에 지나치게 집착하지 말라는 뜻.

✽ 사람은 살아서 백 년을 넘기기 어렵고 죽어서 백 년 동안 그 무덤을 지키기 어렵다.
　사람은 백 년 살기도 어려울 뿐더러 죽은 후에 그 후손이 오래 번영을 유지하기도 어렵다는 말.

✽ 사람은 술자리를 같이해 봐야 안다.
　사람은 술을 많이 마시고 나면 이성을 잃게 되므로 술 먹고 행동하는 것을 보고 나서야 그 사람의 참다운 모습을 알게 된다는 말.

✽ 사람은 오십 전에 성공을 못하면 부끄러운 일이다.

사람은 오십이 지나고 나면 성공하기 어려우므로 오십 전
에 성공을 해야 한다는 말.

✽ **사람은 재물을 탐내다 죽고 새는 먹이를 탐내다 죽는다.**
대부분의 사람들은 지나치게 탐욕을 부리다가 화를 입게
된다는 말.

✽ **사람은 저절로 착해지는 것이 아니고 반드시 가르친 뒤에
야 착해지게 된다.**
사람은 가만히 있는데 자연히 착해지는 것이 아니라 반드
시 착한 행실을 배우고 따라야 착해진다는 말.

✽ **사람은 정으로 사귀고 귀신은 떡으로 사귄다.**
사람을 사귈 때는 인정으로 사귀어야 한다는 말.

✽ **사람은 죽으면 이름을 남기고 범은 죽으면 가죽을 남긴다.**
범이 죽어서 가죽을 남기는 것처럼 사람도 길이 빛날 이름
을 남겨야 한다는 말.

✽ **사람은 착하지 않거든 사귀지 말고 물건은 옳지 않거든
취하지 말라.**
사람은 나쁜 사람과 사귀게 되면 나쁜 버릇이 물들기 쉬우
므로 나쁜 사람과는 아예 상대도 하지 말라는 뜻.

✽ **사람을 대할 때는 귀한 손님을 대하듯 하라.**
대인 관계에 있어서는 상대방에게 늘 예의를 갖추어 귀하
게 대우하라는 말.

✽ **사람을 안다는 것은 얼굴을 아는 것이지 마음을 아는 것
은 아니다.**
사람의 마음은 겉으로 드러나는 것이 아니므로 좀처럼 알
기가 어렵다는 말.

✽ **사람의 마음은 하루에도 열 두 번 변한다.**
사람의 마음은 사소한 이해 관계에도 수시로 변할 정도로

변덕이 심하다는 말.

✽ **사람의 입은 불행과 행복이 드나드는 문턱이다.**

말을 어떻게 하느냐에 따라 불행하게도 되고 행복하게도 되는 것이므로 사람은 말을 조심해야 한다는 말.

✽ **사람이 가장 싫어하는 것은 죽음이다.**

죽는 것을 좋아하는 사람은 아무도 없다는 말.

✽ **사람이 죽을 때면 옳은 말을 하고 죽는다.**

비록 못된 사람이라 하더라도 임종에 가까와지게 되면 자신의 잘못을 회개하고 옳은 말을 하고 죽는다는 말.

✽ **사람이 한 번 죽지 두 번 죽지 않는다.**

사람은 한 번 죽지 두 번 죽는 것은 아니므로 죽기를 각오하고 애써 일하라는 말.

✽ **사람치고 잘못 없는 사람 없다.**

사람은 정도의 차이는 있을망정 누구나 잘못은 다 있다는 말.

✽ **사람 팔자 시간 문제다.**

사람의 팔자는 언제 어떻게 변할지 예측하기 어렵다는 말.

✽ **사랑 싸움에 정 붙는다.**

부부간의 싸움은 잦을수록 정이 더 들게 마련이라는 뜻.

✽ **사랑은 내리사랑이다.**

부모의 사랑은 첫아이보다는 막내아이가 더 사랑스럽게 된다는 말.

✽ **사리가 분명한 말은 잘 통한다.**

이치에 맞는 말은 누가 들어도 수긍이 간다는 말.

✽ **사사건건 고주알미주알 한다.**

하는 일마다 속속들이 캐물으며 심하게 간섭을 한다는 말.

✽ **사서 고생한다.**

안해도 될 고생을 스스로 만들어서 하는 것을 두고 이르는 말.

✻ 사슴은 사향 때문에 죽고 사람은 입 때문에 망한다.

사람은 말을 잘못 하게 되면 반드시 큰 화를 입게 된다는 말.

✻ 사십 고개는 가풀막 고개다.

사람이 사십 살이 넘게 되면 몸이 점점 쇠약해진다는 말.

✻ 사십 전 바람은 고쳐도 사십 후 바람은 못 고친다.

젊었을 때 멋모르고 바람난 것은 고치기 쉽지만 나이가 지긋이 든 후에 바람이 난 것은 고치기가 매우 어렵다는 말.

✻ 사위는 반 자식이다.

사위는 직접 자신이 낳은 자식은 아니지만 딸과 같이 살기 때문에 반 자식 정도는 된다는 말.

✻ 사위는 백 년 손이요 며느리는 종신 식구다.

사위나 며느리는 다같은 남의 자식이지만 사위는 따로 살므로 평생 손님이지만 며느리는 일단 얻고 나면 평생 한 식구라는 말.

✻ 사위 사랑은 장모요 며느리 사랑은 시아버지다.

대부분의 장모는 사위를 사랑스럽게 여기고 시아버지는 며느리를 사랑스럽게 여긴다는 말.

✻ 사위 자식 개 자식이다.

사위 자식은 필요없는 남이나 같다는 말.

✻ 사위 코 보니 외손자 볼까 싶지 않다.

사람(남자)의 코는 곧 그 사람의 심벌이다. 따라서 코가 낮고 못생긴 남자는 정력이 약하다는 데서 비롯된 속담이다. 무슨 일이든 그 시초를 보면 일의 성패를 가히 짐작할 수 있다는 말.

✽ 사주 팔자를 잘못 타고 난 죄밖에 없다.

자기가 못사는 것은 결코 자기 탓이 아니라 모두 팔자를 잘 못 타고 나서 그런 것이라는 말.

✽ 사치하는 사람의 마음은 언제나 가난하다.

사치성이 농후한 사람은 아무리 풍족해도 만족할 줄 모르 기 때문에 마음은 항상 가난하다는 말.

✽ 사후의 약방문이다.

죽은 후에 약방문을 구한다는 뜻으로, 때가 이미 늦어 일이 다 틀어지고 난 뒤에서야 일을 예방하는 것을 두고 이르는 말.

✽ 사흘 굶어서 담 아니 넘는 놈 없다.

평소에 아무리 착한 사람이라도 굶어서 죽을 지경에 다다 르면 나쁜 짓을 저지르게 된다는 말.

✽ 사흘 묵어 반가운 손님 없다.

반가운 손님도 오래 머물러 있으면 결국 귀찮게 여겨진다 는 말.

✽ 산골 부자가 해변 개보다 못하다.

산골에는 고기가 없으나 바닷가에는 고기가 지천에 많기 때문에 바닷가에 사는 가난한 사람이 산골에 사는 부자보 다 고기를 더 풍족하게 먹을 수 있다는 말.

✽ 산 김가 셋이 죽은 최가 하나를 못 당한다.

최씨는 원래 고집이 매우 세고 성격이 독하다고 하는 데서 나온 말.

✽ 산 사람 입에 거미줄 칠까?

사람은 아무리 궁색하더라도 굶어 죽는 일이 없다는 말.

✽ 산 속에 있는 열 놈의 도둑은 잡아도 마음속에 있는 한 놈의 도둑은 못 잡는다.

밖으로 드러나는 잘못은 능히 고칠 수 있지만 자기 마음 속의 잘못은 스스로 고치기가 매우 힘들다는 말.

✱ 산에 가서 범 잡기는 쉬워도 입을 열고 바른 말을 하기는 어렵다.

상대방의 장점이 아닌 단점을 지적해 주는 것은 쉬운 일이 아니라는 말.

✱ 산에 가야 범을 잡고 물에 가야 고기를 잡는다.

무슨 일이든지 여건이 조성되어야 뜻한 바를 능히 이룰 수 있다는 말.

✱ 산전 수전 다 겪었다.

세상을 살면서 온갖 고생을 다 겪었다는 말.

✱ 산지기 상 보니 지게 뺏을 상이다.

상대방의 낌새를 보니 꼭 나에게 해를 끼칠 것만 같다는 말.

✱ 산호 서 말 진주 서 말에 싹이 나거든 오라.

아예 기대도 하지 말고 있으라는 뜻.

✱ 살림에는 눈이 보배.

살림을 잘하기 위해서는 이것 저것 잘 보고 살림을 조리있게 보살펴야 하며 또한 남의 살림을 보고 잘된 것은 본받아야 한다는 말.

✱ 살아서는 부귀요 죽어서는 이름이다.

사람이란 살아 있을 때는 부귀를 누리는 것이 영광이고 죽은 다음에는 길이 빛날 이름을 남기는 것이 영광이라는 말.

✱ 삶은 호박에 이도 안 들어갈 소리다.

조금도 납득할 수 없는 이치에 어긋난 말을 일컫는 말.

✱ 삼간 집이 다 타도 빈대 죽는 것이 시원하다.

비록 커다란 손해는 보더라도 귀찮은 존재를 없애는 것이 더 속이 후련하다는 말.

❀ 삼 년 가는 흉 없고 석 달 가는 칭찬 없다.
　다른 사람의 흉이나 칭찬은 세월이 지나면 저절로 잊혀지
　게 된다는 말.
❀ 삼 년 가뭄에는 살아도 석 달 장마에는 못 산다.
　가뭄보다는 장마가 더 살기 힘들다는 말.
❀ 삼 동서 김 한 장 먹듯 한다.
　무슨 일을 눈 깜짝할 사이에 해치운다는 말.
❀ 삼 동업은 해도 두 동업은 말랬다.
　세 사람이 동업을 하는 것은 괜찮아도 두 사람이 동업하는
　것은 신상에 좋지 못하다는 말.
❀ 삼 사월 긴긴 날 점심 굶고는 살아도 동지 섣달 긴긴 밤
　에 임없이는 못 산다.
　가난은 능히 견뎌낼 수 있어도 남편이 없는 것은 견뎌내기
　가 매우 힘들다는 말.
❀ 삼수 갑산을 가도 임 따라 가랬다.
　비록 가난하게 살더라도 부부는 함께 있어야 한다는 말.
❀ 삼십육계에 줄행랑이 상책이다.
　일의 형편이 불리할 때는 어름어름하기 보다는 도망치는
　것이 상책이라는 말.
❀ 삼십 전 자식이요 사십 전 재산이다.
　자식은 삼십이 넘기 전에 낳아야 하고 재산은 사십이 넘기
　전에 모아 두어야 평생 고생을 하지 않는다는 말.
❀ 삼정승 부러워 말고 내 한 몸 잘 가지랬다.
　남의 도움을 받을 생각을 하지 말고 제 한 몸이나 탈없이
　잘 간수하라는 말.
❀ 삼천 갑자 동방삭도 저 죽는 날은 몰랐다.
　사람은 아무리 똑똑하다고 해도 자신이 언제 죽을지는 알

수 없다는 말.

✱ 삿갓 밑에서도 정만 있으면 산다.

아무리 고생스럽게 살더라도 부부 사이에 정만 있으면 화목하게 삶을 영이할 수 있다는 말.

✱ 상갓집 개다.

초상집은 슬픔에만 잠겨 관심이 없는 개처럼 여위고 기운 없이 초라한 모양으로 이곳저곳 기웃거리며 얻어먹을 것만 찾아다니는 사람을 놀려서 하는 말.

✱ 상놈 딸은 양반 집으로 시집가도 살지만 양반 딸은 상놈 집으로 시집가면 못 산다.

어려운 집에서 자란 딸은 자기네보다 부유한 집으로 시집을 가도 적응해서 살게 되지만 부유한 집에서 고생을 모르고 지내던 여자는 어려운 집으로 시집가게 되면 견뎌내기가 매우 힘들다는 말.

✱ 상놈도 꿈에는 양반 볼기를 친다.

꿈에서는 어떤 것이라도 할 수 있다는 말.

✱ 상놈은 구레나룻이 나도 말썽이다.

상놈은 제가 하고 싶은 것조차 마음대로 못한다는 말.

✱ 상놈은 발로 살고 양반은 글로 산다.

없는 사람은 부지런히 일해야 먹고 살 수 있지만 양반은 공부를 많이 해야 관리로 나아갈 수 있다는 말.

✱ 상대 없는 송사 없다.

송사라 혼자서는 하지 못하는 것이므로 송사를 하게 되는 원인은 쌍방에게 다 잘못이 있기 때문이라는 말.

✱ 상사병엔 약도 없다.

이성을 그리워해서 생기는 병은 육체적인 병이 아닌 정신적인 것이므로 약으로는 치료할 수 없다는 말.

✽ 상팔십이 내 팔자다.

　　강태공이 팔십전에는 뜻을 펴지 못하고 있다가 팔십이 지
　난 후에 비로소 이름을 날렸다는 데서 유래한 말로 강태공
　의 팔십 전의 팔자처럼 오랜 어려움을 겪어야 할 운명이라
　는 말.

✽ 새끼 많은 거지요 말 많은 부자다.

　　자식이 여럿이면 자연히 살기가 궁핍하게 되고 말은 많이
　가지고 있으면 자연히 부자가 된다는 말.

✽ 새는 앉는 곳마다 깃이 떨어진다.

　　새는 옮겨다닐 때마다 깃이 빠지듯이 사람도 이사를 자주
　하게 되면 살림살이가 줄어들게 된다는 말.

✽ 새도 나무를 가려 앉는다.

　　새도 아무 데나 앉지 않는 것처럼 사람도 거처할 곳을 잘
　선택해서 살아야 한다는 말.

✽ 새도 염불을 하고 쥐도 방귀를 뀐다.

　　사람이 아닌 새나 쥐까지도 사람이 하는 일을 하려고 하는
　판에 하물며 사람인 주제에 못할 게 무엇이 있느냐고 핀잔
　을 줄 때 하는 말.

✽ 새도 저물면 제 집으로 간다.

　　하찮은 날짐승도 날이 어두워지면 제 집을 찾아가는데 하
　물며 사람이 찾아들 집이 없어 떠돌아다녀서야 되겠느냐는
　말.

✽ 새 발의 피다.

　　필요한 양에 견주어 너무도 적은, 보잘것없는 분량이라는
　말.

✽ 새 오리 장가 가면 헌 오리 나도 간다.

　　자기의 주제는 파악하지도 않고 남이 하는 일을 무작정 따

라 하는 사람을 보고 비웃어 하는 말.

✲ 새앙쥐 입가심할 것도 없다.

쥐 중에서도 가장 작은 새앙쥐가 입가심할 것도 없을 정도로 살림이 궁핍하다는 말.

✲ 새우 싸움에 고래등 터진다.

자기와는 아무 연관도 없는 남의 싸움에 끼여 애매하게 피해를 입게 되었다는 뜻.

✲ 새침데기 골로 빠진다.

성격이 내성적인 사람은 어떠한 일에 한 번 몰두하게 되면 끝까지 그 일에 빠져들어 헤어나기가 매우 힘들다는 뜻.

✲ 색에 귀천 없다.

남녀 관계에 있어서는 신분의 귀하고 천함에 상관이 전혀 없다는 말.

✲ 샛바리 짚바리 나무란다.

자기나 상대방이나 사실은 별 차이가 없는데도 자기 자신이 상대방보다도 더 잘났다고 우겨댄다는 말.

✲ 샛서방 모르는 것 본서방뿐이다.

다른 사람은 다 알고 있는 일도 정작 알아야 할 사람이 모르고 있다는 말.

✲ 생사람 잡는다.

전혀 아무런 잘못도 없는 사람에게 억울하게 누명을 뒤집어 씌운다는 말.

✲ 서당 개 삼 년에 풍월을 한다.

비록 배우지 못해 무식한 사람이라 하더라도 유식한 사람들과 오래 상종하게 되면 자연히 유식해진다는 말.

✲ 서당 선생 똥은 개도 안 먹는다.

아이들을 가르치는 것이 매우 힘들어 훈장은 속이 많이 썩는다는 데서 유래한 말.

✽ 서리가 와야 절개 있는 나무를 안다.

사람은 견디기 힘든 시련을 당해봐야 그 사람의 참된 면모를 비로서 알 수 있게 된다는 말.

✽ 서방인지 남방인지 모르겠다.

남편 구실을 제대로 못하는 것을 두고 이르는 뜻.

✽ 서방질도 하는 년이 한다.

무슨 일이든지 경험이 있는 사람이 오히려 더 잘하게 된다는 말.

✽ 서울 가본 놈하고 안 가본 놈이 싸우면 서울 안 가본 놈이 이긴다.

모르는 사람은 무턱대고 우기기 때문에 실제로 아는 사람보다 모르는 사람이 우김질에 있어서는 더 유리하기 마련이라는 말.

✽ 서울 가서 김서방 찾기다.

확실한 근거를 토대로 일을 하지 않고 막무가내로 일을 진행하는 것을 이르는 말.

✽ 서울 놈은 비만 오면 풍년인 줄 안다.

농사를 지어 보지 않은 서울 사람은 잘 알지도 못하면서 무조건 비만 오면 풍년이 되는 줄 알듯이 어떤 사실에 대해 자세히 알지 못하는 것을 두고 이르는 말.

✽ 서울 소식은 시골 가서 들으랬다.

자신에 관한 일은 객관적인 판단을 하기 힘들기 때문에 안다는 말.

✽ 석류는 떨어져도 안떨어지는 유자를 부러워하지 않는다.

이 세상 모든 사람들은 모두 다 제 잘난 멋에 살아간다는 뜻.

✱ 선가(船價)없는 놈이 배에 먼저 오른다.

배삯도 지니지 않은 사람이 배에는 제일 먼저 오른다는 뜻
으로, 사실은 실력도 없는 사람이 실력있는 사람보다도 먼
저 나서서 설치는 경우를 두고 한 말.

✱ 선무당이 사람 죽인다.

서투르게 하는 일은 실패하기가 매우 쉽다는 말.

✱ 선은 작아도 안 해서는 안 되고 악은 작아도 해서는 안
된다.

선한 일은 아무리 작은 일이라고 할지라도 해야 하지만 이
와 반대로 나쁜 일은 아무리 사소한 일이라도 절대로 해서
는 안 된다는 말.

✱ 선한 끝은 있어도 악한 끝은 없다.

선한 사람은 훌륭한 인물이 될 가능성이 많지만 악한 사람
은 전혀 가능성이 희박하다는 말.

✱ 설마가 사람 잡는다.

설마하고 믿고 있던 일이 아주 실패를 하고 말았을 때를 두
고 하는 말.

✱ 성급한 놈이 술 값 먼저 내고 간다.

성격이 급한 사람은 늘 손해만 본다는 말.

✱ 성깔 있는 놈이 일은 잘한다.

성깔이 있는 사람은 일을 보고는 갑갑해서 참지를 못하므
로 성격이 느긋한 사람보다는 일을 더 빨리 처한다는 말.

✱ 성난다고 바위 차기다.

화가 난다고 해서 아무 데나 화풀이를 하게 되면 저만 손해
를 본다는 말.

✱ 성인 군자도 먹어야 성인 군자다.

경제적으로 넉넉해야 착한 일도 자연히 하게 된다는 말.

✽ 성주에 놓고 조왕에 놓고 터주에 놓으니까 남는 것이 없다.

> 변변치 않은 수입에 이것저것 다 떼고 나니 남는 것이 없다는 말.

✽ 성질은 강약이 겸해야 한다.

> 사람은 강직함과 부드러움을 아울러 지녀야 무난하다는 말.

✽ 세 번만 참으면 살인도 면한다.

> 아무리 화가 나는 일이 있더라도 세 번만 참으면 가라앉아 평온해질 수 있다는 말.

✽ 세 사람만 우겨대면 없는 호랑이도 만들어 낸다.

> 세 사람이 짜면 범이 거리에 나왔다는 거짓말도 능히 할 수 있다는 뜻으로, 근거 없는 말이라 할지라도 여러 사람이 말하면 곧이들린다는 말.

✽ 세 사람이 노름을 하면 하나는 거지가 된다.

> 사람이 노름을 하게 되면 그 중에는 반드시 잃는 사람이 있게 마련이라는 뜻.

✽ 세 사람이 알면 세상이 다 알게 된다.

> 여러 사람이 상의해 낸 의견은 훌륭한 한 사람이 생각해 낸 의견보다 더 낫다는 말.

✽ 세 사람이 알면 세상이 다 알게 된다.

> 몇 사람이 알게 되면 그 소문은 금방 번져나가 모든 사람이 알게 된다는 말.

✽ 세살 때 버릇이 여든까지 간다.

> 일단 몸에 젖은 습성은 고치기가 매우 힘들다는 말.

✽ 세상 벙어리가 다 말을 해도 너만은 가만히 있거라.

> 주위 사람들이 전부 한 마디씩 하여도 너만큼은 말할 처지가 못된다는 말.

✽ 세상 사람들의 입맛은 서로 비슷하다.
　　세상 사람들의 취향은 거의 모두 비슷하다는 말.

✽ 세상에는 공것이 없다.
　　받은 것이 있으면 그만큼 신경이 쓰이게 되므로 세상에는
　　공으로 주고받는 것이 전혀 없다는 말.

✽ 세상에 말 못 하고 죽은 귀신 없다.
　　사람은 자기가 하고 싶은 말만큼은 다 하면서 살아간다는
　　말.

✽ 세상에서 가장 강한 사람은 자기 자신을 이기는 사람이다.
　　남을 이기기는 쉬워도 자기 자신과의 싸움에서 자기를 이
　　기기는 매우 어렵다는 말.

✽ 세상에 어려운 일은 언제나 쉬운 데서 일어난다.
　　어려운 일도 그 원인은 조그만 일에서부터 비롯된 것이라
　　는 뜻.

✽ 세월은 가면 돌아오지 않는다.
　　시간은 한번 지나고 나면 돌이킬 수가 없는 것이므로 주어
　　진 시간에 충실하게 살아가라는 말.

✽ 세월이 약이다.
　　아무리 커다란 마음의 상처도 세월이 흐르면 자연히 잊혀
　　지게 마련이라는 뜻.

✽ 세 잎 주고 집 사고 천 냥 주고 이웃 산다.
　　좋은 이웃은 돈 주고도 살 만큼 매우 중요하다는 말.

✽ 세째 딸은 선도 보지 말랬다.
　　세째 딸은 언니들의 행실을 본받아 여자로서 갖춰야 할 모
　　든 부덕을 지니게 되므로 안심하고 며느리로 맞아들일 수
　　있다는 말.

✽ 세 치 혀가 다섯 자 몸을 망친다.

사람은 말을 잘못하게 되면 큰 화를 입게 된다는 뜻.

❋ 소경 눈 뜬 것 같다.

가장 답답했던 일이 다 해결되어 몹시 기쁘다는 말.

❋ 소경 마누라는 하느님이 점지한다.

결혼이란 모두 인연이 닿아야 할 수 있는 것이라는 말.

❋ 소경 열 명에 지팡이는 하나다.

열 사람의 장님을 한 사람이 인도하듯이 매우 중요한 존재를 일컫는 말.

❋ 소금 장수보다 더 짜다.

말할 수 없이 지독한 구두쇠를 두고 하는 말.

❋ 소금 짐을 지고 물로 가고 화약 짐을 지고 불로 간다.

스스로 손해볼 짓만 골라서 한다는 말.

❋ 소금 팔러 가니까 비가 온다.

어떤 일을 시도하려고 했더니 공교롭게도 장애물이 생겨 어렵게 되었다는 말.

❋ 소나기는 오고 똥은 마렵고 괴타리는 옹치고 꼴짐은 넘어지고 소는 콩밭으로 뛰어간다.

여러 가지 급한 일이 한꺼번에 몰아 닥쳐 도저히 어찌할 바를 모르고 서있다는 말.

❋ 소 닭 보듯 닭 소 보듯 한다.

상대방에게 아무런 관심이 없는 것을 두고 이르는 말.

❋ 소대한에 객사한 사람은 제사도 안 지낸다.

소한(양력 1월 5일경)·대한(양력 1월 20일경) 날씨가 모질게 추운 줄 뻔히 알면서도 집을 나가서 객사한 사람은 죽음을 스스로 자초한 사람이므로 제사도 지낼 필요가 없다는 말.

❋ 소대한에 얼어 죽지 않는 놈이 우수 경칩에 얼어 죽을까?

견디기 어려운 큰 시련도 극복해 낸 사람이 사소한 시련쯤
이야 극복해 내지 못할 리가 결코 없다는 말.

✤ 소도둑 같다.

사람의 인상이 매우 험악하다는 말.

✤ 소도 성낼 때가 있다.

아무리 마음이 너그러운 사람이라 할지라도 성을 낼 때가
있다는 말.

✤ 소를 잡아 부모 제사에 쓴 것보다는 생전에 닭고기나 돼
지고기로 봉양하는 것이 낫다.

효도는 부모가 생존해 계실 때 정성껏 모시는 것이지 돌아
가신 후에는 아무런 효용이 없다는 뜻.

✤ 소리 없는 고양이가 쥐 잡는다.

상대방을 이기려면 결코 자신의 기밀을 누설해서는 안된다
는 말.

✤ 소리 없는 방귀가 더 구리다.

평소에 아무 말 없이 얌전한 사람이 성이 나면 오히려 더
무섭다는 말.

✤ 소매가 길면 춤추기 좋고 밑천이 많으면 장사가 잘 된다.

장사도 자본이 두둑해야 쉽게 잘 할 수 있다는 말.

✤ 소문 난 사냥개 이가 빠졌다.

무엇이든 말로만 떠들썩한 것은 아무 실속이 없다는 말.

✤ 소문은 반이 거짓말이다.

소문이란 입에서 입으로 옮겨질 때마다 보태지게 마련이므
로 사실보다 더 확대되어서 퍼진다는 말.

✤ 소 제 새끼 핥아 주듯 한다.

하찮은 짐승도 제 새끼는 귀여워 하듯이 부모는 자식을 귀
여워 하게 마련이라는 말.

❋ 속 각각 말 각각.

　겉으로 내뱉는 말과 속으로 생각하고 있는 바가 서로 각각
　다르다는 말.

❋ 속곳 벗고 함지박에 들었다.

　매우 위급하여 실수를 저질렀다는 말.

❋ 속곳 열둘 입어도 밑구멍은 밑구멍대로 다 나왔다.

　정작 가려야 할 곳은 가리지 않고 엉뚱한 곳만 가렸을 때를
　두고 이르는 말.

❋ 속 다르고 겉 다르다.

　사람은 겉으로 나타나는 행동과 속으로 생각하는 것이 일
　치하지 않을 때가 많다는 뜻.

❋ 속에 육조판서가 들었으면 무엇 한다더냐?

　아무리 학식이 풍부하다고 하더라도 사람이 덕행이 없으면
　아무 쓸모가 없다는 말.

❋ 속으로 자신을 속이지 않으면 밖으로도 남을 속이지 않는
다.

　자신의 양심을 속이지 않는 사람은 결코 남도 속이지 않는
　다는 말.

❋ 손가락 깨물어 아니 아픈 손가락 없다.

　부모에게 있어서는 어느 자식이나 똑같이 귀중하다는 말.

❋ 손님과 백로는 일어서야 예쁘다.

　아무리 반가운 손님도 오래 있으면 자연히 미워지게 된다
　는 말.

❋ 손님 앞에서는 개도 꾸짖지 않는다.

　손님이 있는 데서 개를 꾸짖게 되면 손님이 그대로 머물러
　있기가 민망해 지므로 그런 행동을 해서는 안된다는 말.

❋ 손도 안 대고 코 풀려고 한다.

아무 힘도 들이지 않고 이익을 볼려고 할 때 쓰는 말.

✽ 손발이 맞아야 도둑질도 한다.

동업도 하려면 서로 뜻이 맞아야 수월하다는 말.

✽ 손자를 귀여워하면 코 묻은 밥을 먹는다.

어린 아이들과 상대하면 나중에는 손해를 보게 된다는 말.

✽ 손톱 밑의 가시 드는 줄은 알아도 염통 밑에 쉬 쓰는 줄은 모른다.

금방 눈에 뜨이는 사소한 손해는 잘 보면서 눈에 뜨이지 않는 막대한 손해는 잘 알아차리지 못한다는 말.

✽ 솔 심어 정자라.

어떠한 일을 이루기에는 너무나도 기일이 멀어 아득한 상태를 두고 이르는 말.

✽ 솜씨 좋은 사람치고 팔자 드세지 않은 사람 없다.

재주가 있는 사람은 그 재주를 썩힐 수가 없으므로 결국 일만 하게 된다는 말.

✽ 송곳니가 방석니가 된다.

뾰죽한 송곳니가 뭉실뭉실한 방석니가 되도록 누군가를 원망하며 이를 갈고 있다는 말.

✽ 송사는 이기나 지나 망한다.

소송을 걸게 되면 그에 따른 경비가 많이 들기 때문에 이긴 사람이나 진 사람이나 둘 다 손해를 보게 된다는 말.

✽ 송사 좋아하는 사람치고, 잘사는 것 못 봤다.

재판 걸기를 좋아하는 사람은 소송 비용으로 인해 결국 큰 손해를 보게 된다는 말.

✽ 송아지 못된 것은 엉덩이에 뿔 난다.

나쁜 사람은 되지 못한 나쁜 짓만 골라 하고 다닌다는 말.

✽ 송장 때리고 살인 났다.

이미 죽은 사람을 때렸을 뿐인데 살인 누명을 쓰게 되었다는 말로, 몹시 억울한 일을 당하게 되었을 때를 비유하여 일컫는다.

❋ 솥 떼어놓고 삼 년.

어떠한 일을 진행할 수 있는 만반의 준비는 다 해놓았으면서도 아직 실행에 옮기지 못하고 있다는 말.

❋ 솥은 부엌에 걸고, 절구는 헛간에 놓아라.

다른 사람도 이미 다 알고 있는 일을 자기 혼자만이 아는 듯이 나서서 떠들어대는 사람을 두고 비아냥거리는 말.

❋ 쇠똥에 미끄러져 개똥에 코방아 찧는다.

일이 안되려면 작은 일로도 망신을 당하게 된다는 말.

❋ 쇠뿔도 각각이요 염주도 몫몫이다.

사람은 저마다 개성이 다르다는 말.

❋ 수인사 대천명.

자기가 하는 일에 온갖 정성을 다 쏟은 다음에야 하늘의 뜻에 따른다는 말.

❋ 수양딸로 며느리 삼기.

세상에서 매우 성사시키기 쉬운 일을 두고 이르는 말.

❋ 수염은 고생할 때 길고 손톱은 편할 때 긴다.

사람이 생활에 곤란을 겪게 되면 초췌해 보여 수염도 더 많이 긴 것처럼 보이고, 생활이 넉넉해지면 일을 하지 않게 되므로 자연히 손톱이 닳지 않는다는 말.

❋ 수풀에 있는 꿩은 개가 몰고 오장에 있는 말은 술이 내몬다.

평소에는 마음 속 깊이 숨기고 있던 말도 술을 먹고 나면 다 실토하게 된다는 말.

❋ 술 값 천 년이요 약 값 만 년이다.

술과 약은 이득이 많이 남으므로 외상 값을 오래 두었다가
주어도 상관이 없다는 말.

✽ 술과 계집과 노름은 사나이 삼도락이다.

남자들이 세상에서 가장 즐기는 것은 술과 여자와 노름이
라는 말.

✽ 술과 계집과 노름은 사나이 삼도락이다.

남자들이 가장 좋아하는 것은 술과 여자와 노름이라는 말.

✽ 술과 계집과 노름은 패가 장본이다.

남자가 술과 계집과 노름에 빠지게 되면 집안을 망치게 되
므로 이를 경계해야 한다는 말.

✽ 술과 친구는 오래될수록 좋다.

술도 오래 묵은 것이 더 맛이 있듯이 친구도 오래 사귀어
정든 친구가 세상에서 제일 좋다는 말.

✽ 술꾼치고 외상술 안 먹는 술꾼 없고 오입장이치고 오입
않는 오입장이 없다.

술을 많이 먹는 사람은 외상술도 먹게 마련이고 바람둥이
는 바람을 피우게 마련이라는 말.

✽ 술 담배 참아 소 샀더니 호랑이가 물어갔다.

먹고 싶은 것도 참아가면서 아낀 돈으로 소를 샀더니 호랑
이가 물어가듯이 돈은 억지로는 모아지지 않으며 재복이
따라야 모을 수가 있다는 말.

✽ 술 덤벙 물 덤벙 한다.

일을 신중하게 처리하지 못하고 몹시 경망스럽게 처리하는
것을 두고 이르는 말.

✽ 술은 권하는 재미로 마신다.

남자들은 서로 술잔을 주고 받는데 재미를 느껴 술을 많이
마시게 된다는 말.

❋ 술은 먹어도 술에 먹히지는 말랬다.

　술을 마시긴 마시더라도 이성을 잃을 정도로 많이 마시지
　는 말라는 뜻.

❋ 술은 미치광이 되는 약이다.

　술에 취한 사람은 제정신이 아니므로 미치광이와 다를 바
　가 전혀 없다는 말.

❋ 술은 반취가 좋고 꽃은 반개가 좋고 복은 반복이 좋다.

　어떠한 것이든지 극에 이르면 쇠퇴하기 마련이므로 중간
　정도의 상태가 가장 좋다는 말.

❋ 술은 얼굴을 붉게 하고 돈은 마음을 검게 한다.

　술에 만취하게 되면 얼굴이 붉어지고 돈에 지나치게 욕심
　을 부리게 되면 자연히 마음 속에 나쁜 생각이 들게 되므로
　술과 돈에 지나친 욕심을 부리지 말라는 뜻.

❋ 술은 잘 먹으면 약주요 못 먹으면 망주다.

　술이란 알맞게 마시면 몸에 이롭지만 지나치게 마시면 신
　세를 망치게 된다는 말.

❋ 술이 아무리 독해도 먹지 않으면 취하지 않는다.

　술이 독하기는 하지만 취하고 취하지 않는 것은 사람이 마
　시는 것에 달려 있다는 말.

❋ 술 좋아하면 주정꾼 되고 놀기 좋아하면 건달된다.

　술을 지나치게 좋아하다 보면 주정꾼이 되기 쉽고 노는 것
　을 지나치게 좋아하다 보면 건달이 되기 쉬우므로 무엇이
　든 지나치면 자신에게 이롭지 못하다는 말.

❋ 숨기는 일 치고 좋은 일 없다.

　숨긴다는 것은 무언가 떳떳하지 못하다는 것이므로 대부분
　좋은 일이 아니라는 말.

❋ 숲이 우거져야 새도 모이고 물이 깊어야 큰 고기도 모인

다.

사람은 넓은 아량을 지녀야 남들이 따르게 된다는 말.

✽ 쉽게 번 돈 쉬 나가고 어렵게 번 돈 어렵게 나간다.

정당하지 못한 방법으로 쉽게 번 돈은 오래 지닐 수 없지만 노력한 댓가로 힘들게 벌어 모은 돈은 오래 지닐 수 있다는 말.

✽ 슬픈 일이 없는데 슬퍼하면 반드시 슬픈 일이 생긴다.

별로 슬퍼할 일도 아닌 것을 가지고 자꾸 슬퍼하면 정말로 슬퍼할 만한 일이 생기게 되므로 언제나 즐거운 마음가짐으로 세상을 살아가야 한다는 말.

✽ 슬픔은 나누면 반으로 줄고 기쁨은 나누면 배로 는다.

남의 불행은 여러 사람이 따뜻하게 위안을 해주어야 하며 남의 경사스러운 일은 여러 사람이 진심으로 축하해 주어야 한다는 말.

✽ 승부에서는 화를 내면 진다.

승부에서 침착하지 못하고 먼저 화를 내면 결국 지게 된다는 말.

✽ 시골가면 시골 풍속을 따라야 한다.

사람은 환경의 변화에 따라 잘 적응을 하면서 살아가야 한다는 말.

✽ 시누이는 친정 조카를 키워도 올케는 시누이 자식을 못 키운다.

대부분 시누이들은 올케에게 시집살이를 시키기 때문에 시누이를 곱게 볼 올케가 세상에는 없다는 말.

✽ 시시덕이는 재를 넘어도 새침데기는 골로 빠진다.

외향적인 성격을 가진 발랄한 사람은 보통 시시덕이기를 잘하여 실없이 보이기는 해도 사실은 그다지 큰 잘못을 저지르고 있지 않지만, 그와 반대로 얌전하고 정숙한 채 하는 새침데기는 겉으로 보는 바와는 달리 골로 빠져 엉뚱한 짓을 잘한다는 말.

❋ **시아버지 죽어 좋아했더니 왕골 자리 떨어지니 생각난다.**

아무리 성가시어 미워하던 사람도 죽고 나면 필요한 때가 있어서 문득 떠오른다는 말.

❋ **시앗 싸움에는 돌부처도 돌아앉는다.**

아무리 마음씨가 너그러운 여자라 할지라도 시앗끼리는 시기를 하게 마련이라는 말.

❋ **시어머니가 죽으면 안방이 내차지.**

세상은 서열에 의해서 유지된다는 말. 윗사람이 물러나면 당연 그 아랫사람이 그 자리를 물려받게 된다는 말.

❋ **시어머니에게 역정 나서 개 배때기 찬다.**

시어머니에게 야단 맞은 분풀이를 아무런 잘못도 없는 개에게 한다는 말로, 자신의 노여움을 엉뚱한 곳으로 옮긴다는 뜻.

❋ **시작이 반이다.**

무슨 일이든지 시작하기가 어려운 것이므로 일단 시작을 하게 되면 반쯤은 이루어 놓은 것이나 마찬가지라는 말.

❋ **시작이 좋아야 끝도 좋다.**

시작을 신중하게 잘하면 좋을 결과를 거둘 수 있게 된다는 말.

❋ **시집간 딸년치고 도둑년 아닌 년 없다.**

시집간 딸은 친정집에 오면 무엇이든 가지고 가려고 하기 때문에 이를 두고 하는 말.

❋ **시집살이 못하면 동네 개가 다 업신여긴다.**

모든 여자들이 다 겪는 시집살이를 견디어 내지 못하고 쫓

겨오게 된다면 그 이상의 수치가 없다는 뜻.

✱ 신방 촛불은 입으로 끄지 않는다.

옛날에 혼례를 치른 후 첫날 밤 신방에 켜놓은 촛불은 입으로 불어서 끄면 좋지 못하다고 하여 손으로 껐다고 하는 데서 유래된 말.

✱ 신선 놀음에 도끼 자루 썩는 줄 모른다.

한 농부가 나무하러 산에 올라갔다가 신선들이 바둑 두는 광경을 보는 동안에 도끼 자루가 다 썩었다고 하는 데서 비롯된 말.

✱ 신 신고 발바닥 긁기다.

일을 하느라고 애는 쓰되 정통을 찌르지 못하여 안타까운 것을 두고 하는 말.

✱ 신용이 있으면 싼 이자 쓰고 신용이 없으면 비싼 이자 쓴다.

남에게 신용을 철저하게 지키는 사람은 덕을 보고 남에게 신용을 잃은 사람은 결국 손해를 보게 된다는 말.

✱ 싫어 싫어 하면서도 손내민다.

남들이 보는 앞에서는 사양하는 척하면서 실속을 혼자서 다 차린다는 말.

✱ 심술만 먹어도 삼 년은 살겠다.

심술이 매우 많다는 뜻.

✱ 십 년 공부 나무아미타불이다.

한갓 헛되게 애만 쓰고 아무 보람이 없음을 두고 하는 말.

✱ 십 년 묵은 빚은 본전만 받아도 반갑다.

오랫동안 받지 못한 빚은 아예 떼인 셈 치게 되므로 이자 없이 본전만 받아도 공돈처럼 좋게 여겨진다는 말.

✱ 십 년이면 강산도 변한다.

세상의 모든 일은 변화무쌍 하다는 말.

✽ **십 리도 못 가서 발병 난다.**

사랑하는 님을 버리고 떠나면 곧 화를 입게 된다는 말.

✽ **싸리 그늘에 눈 개 팔자다.**

싸리가 무성한 그늘 아래 누워 있는 개 팔자마냥 편하게 먹고 지낸다는 말.

✽ **싸울 때는 악돌이요 먹을 때는 감돌이다.**

남과 싸움을 할 때는 악을 쓰며 덤벼드는 사람이라 하더라도 먹을 것이 있을 때에는 웃는 낯으로 덤벼든다는 말.

✽ **싸움 끝난 뒤에 허세 부리기다.**

정작 싸움에 임해서는 꽁무니를 빼는 사람이 싸움이 끝난 다음에는 오히려 힘이 센 척하며 거드름을 피운다는 말.

✽ **싸움에는 이겨 놓고 봐야 한다.**

어떤 싸움이든지 싸움은 이겨 놓고 봐야 남의 인정을 받게 된다는 말.

✽ **싸움은 말리고 흥정은 붙이랬다.**

못된 짓은 하지 못하게 말려야 하고 좋은 일은 성사가 되도록 자꾸 옆에서 도와 주어야 한다는 말.

✽ **싸움은 말릴 때 그만두랬다.**

어려운 일일수록 적당한 기회가 왔을 때에 그만두어야 피해가 적다는 말.

✽ **싸움 잘하는 놈치고 골병 안 든 놈 없다.**

싸움하기를 좋아하는 사람은 그만큼 상처도 많이 입게 마련이므로 속병이 나게 된다는 말.

✽ **쑥도 삼 밭에서는 저절로 곧아진다.**

성격이 포악한 사람일지라도 좋은 환경에서 지내게 되면 착하게 변한다는 말.

○

✱ 아가리만 벌리면 욕이요 주먹만 쥐면 싸움이다.
　말끝마다 욕설을 퍼붓고 사사건건 시비를 거는 사람을 두
　고 이르는 말.

✱ 아내는 다홍치마 때 길들여야 하고 자식은 열 살 안에 길
　들여야 한다.
　자기 부인의 버릇은 갓 시집왔을 때 잘 길들여야 하며 자식
　의 버릇은 철 들기 전에 잘 길들여야 한다는 말.

✱ 아내의 행실이 어질면 남편의 화가 적어진다.
　아내의 품성이 고우면 남편에게 미치는 화가 적어진다는 말

✱ 아는 것이 병이다.
　학식이 있는 것이 도리어 근심을 사게 됨을 두고 하는 말.

✱ 아는 것이 힘이다.
　일이란 알아야 잘 할 수 있는 것이므로 젊었을 때 쉬지 말
　고 열심히 배워야 한다는 말.

✱ 아는 사람 욕하는 것은 무식한 사람이고 양반 욕하는 것

은 상놈이다.

사람이란 자기와 처지가 다른 사람을 늘 욕하게 된다는 말.

✽ 아는 사람은 모르는 사람의 종이다.

아는 사람은 모르고 있는 사람을 늘 인도해 주어야 할 입장이므로 아는 것이 오히려 불편할 때가 있다는 말.

✽ 아니 땐 굴뚝에 연기 날까?

어떤 소문이든지 반드시 그런 소문이 날 만한 근거가 있다는 말.

✽ 아닌 밤중에 홍두깨다.

생각지도 않았던 일이 갑자기 발생하여 놀랐을 때를 두고 이르는 말.

✽ 아 다르고 어 다르다.

같은 말이라도 하기에 따라 어감의 차이가 심하니 말은 항상 조심스럽게 해야 한다는 말.

✽ 아랫사람을 사랑하는 사람은 강하게 된다.

한 나라의 통치자가 백성들을 사랑하는 마음으로 정치를 하게 되면 나라가 반드시 부강하게 된다는 말.

✽ 아버지는 똑똑한 자식을 더 사랑하고 어머니는 못난 자식을 더 사랑한다.

남자들에게는 야망이 있으므로 자식도 똑똑한 자식을 더 사랑하게 되고 여자에게는 진한 모성애가 있으므로 못난 자식에게 더 애틋한 사랑을 쏟는다는 말.

✽ 아비만한 자식 없고 형만한 아우 없다.

아무리 똑똑한 사람이라도 손 윗 사람의 경륜은 따를 수가 없다는 말.

✽ 아시 팔자 그른 년이 두 번 팔자도 그르다.

처음부터 팔자가 좋지 못하면 나중에도 별수없다는 말.

174

❋ 아이가 자라서 어른 된다.
　무엇이든지 작은 것이 자라서 커지게 되므로 작은 것이라
　고 해서 무시해서는 안된다는 말.

❋ 아이는 사랑하는 데로 붙는다.
　아이들이란 순진하기 때문에 자기를 사랑해 주는 사람을
　더 잘 따르게 된다는 말.

❋ 아이는 흉년이 없다.
　아무리 흉년이 들어 양식이 떨어진다 해도 부모는 어린 자
　식만큼은 굶기지 않는다는 말.

❋ 아이 보는 앞에서는 찬물도 못 마신다.
　아이들은 어른들이 하는 모습을 그대로 따라서 하게 되므
　로 모름지기 어른들은 아이들 앞에서는 항상 몸가짐을 올
　바르게 해야 한다는 말.

❋ 아이 싸움이 어른 싸움 된다.
　흔히 아이들 싸움이 부모들 싸움으로 번지는 경우가 많음
　을 두고 이르는 말.

❋ 아이 핑계하고 남의 감 딴다.
　하찮은 핑계거리를 대고 못된 짓을 저지른다는 말.

❋ 아주머니 아주머니 하면서 외상 술 달란다.
　남에게 필요없이 아부를 많이 하는 사람은 나름대로의 꿍
　꿍이속이 있다는 말.

❋ 아주 용감한 사람은 겁장이 같다.
　진실로 용감한 사람은 함부로 나서는 법이 없으므로 남이
　보기에는 오히려 겁장이같이 보이기 쉽다는 말.

❋ 아침 거미는 돈이요 저녁 거미는 근심이다.
　아침에 거미를 보는 것은 좋은 일이 생길 징조이며 저녁에
　거미를 보는 것은 좋지 못한 일이 생길 징조라는 말.

175

❀ 아침놀에는 며느리를 김매러 보내고 저녁놀에는 딸을 김매러 보낸다.

세상 사람들은 며느리보다는 자기 속으로 낳은 딸을 더 아낀다는 말.

❀ 아침놀에는 문밖에 나가지 말고 저녁놀에는 먼길 가랬다.

아침에 노을이 서면 그 날 비가 많이 올 징조이므로 외출을 해서는 안되며 저녁에 노을이 서면 비가 오지 않으므로 먼 길을 떠나도 상관이 없다는 말.

❀ 아침에 까치가 울면 길하고 밤에 까마귀가 울면 흉하다.

하루 중에서 아침에 우는 까치 소리는 좋은 징조이고 밤에 우는 까마귀 소리는 불길한 징조라는 말.

❀ 아픈 것은 참아도 가려운 것은 못 참는다.

아픈 것은 능히 견디낼 수 있어도 가려운 것은 긁지 않고 견디기가 매우 힘이 든다는 말.

❀ 아흔 아홉 살에 죽어도 한 살 더 살았으면 한다.

사람은 삶에 대한 애착심이 매우 강하다는 말.

❀ 아흔 아홉 칸이라도 자는 방은 하나다.

아무리 방이 많은 큰 집이라 할지라도 자는 데 필요한 방은 하나면 족하듯이 무엇이든 자기에게 필요한 만큼 적당한 것이 가장 좋다는 말.

❀ 악담이 덕담된다.

상대방에게 악담을 하면 상대방은 오히려 더 잘 된다는 말.

❀ 악처는 남편을 천하게 만든다.

남자는 아내를 잘못 얻으면 신세를 망친다는 말.

❀ 악한 일은 작은 것도 해서는 안 되고 착한 일은 작은 것도 안 해서는 안 된다.

나쁜 짓은 작은 것이라도 해서는 안되며 선한 행동은 아무리 사소한 것이라 할지라도 반드시 해야 한다는 말.

✳ **안 동서 우애가 좋아야 바깥 형제 우애도 좋다.**

며느리들간에 서로 화목해야 형제들간에도 자연히 화목하
게 된다는 말.

✳ **안 되면 조상 탓하고 잘 되면 제 탓한다.**

일이 자기 뜻대로 안 되면 모조리 남의 탓으로 돌리는 반면
에 잘 되면 전부 자기 덕분에 잘 된다고 한다는 말.

✳ **안 뒷간에서 똥 누고 아가씨보고 밑 씻겨 달란다.**

뻔뻔스러운 짓만 골라서 하는 사람을 두고 이르는 말.

✳ **안성마춤.**

어떠한 일이 상황에 꼭 들어맞아 만족스러울 때를 두고 하
는 말. 옛날부터 유기의 명산지인 경기도 안성에서는 주문
하는 사람의 뜻에 꼭 맞게 그릇을 만들었다는 데서 비롯된
말이다.

✳ **안 인심이 좋아야 바깥 양반 출입도 넓다.**

집안에서 살림하는 여자의 인심이 좋아야 남편도 대인 관
계가 넓어질 수 있다는 말.

✳ **안팎 꼽사등이다.**

이럴 수도 없고 저럴 수도 없는, 난처한 환경을 두고 이르
는 말.

✳ **앉아 주고 서서 받는다.**

돈이란 빌려 주기는 쉽지만 받을 때는 받기가 힘들다는 말.

✳ **앉은뱅이가 설 줄 몰라 못 서나.**

몰라서 안 하는 것이 아니라 처한 여건이 나빠서 못하는 것
이라는 말.

✳ **알면 장난이요 모르면 그만이다.**

남의 물건을 훔쳐 놓고는 주인이 모르면 다행이라 하고 주

인이 알게 되면 장난친 것 같이 꾸민다는 말.

✸ **앓느니 죽는 것이 낫다.**

고통을 받으며 사는 것보다는 차라리 죽어 버리는 것이 속 편하다는 말.

✸ **암컷 하나에 수컷 둘은 함께 못 산다.**

여자 하나를 두고 두 남자가 같이 살 수는 결코 없다는 말.

✸ **암탉이 울면 집안이 망한다.**

남자가 하는 일에 여자가 너무 나서서 간섭을 하게 되면 되는 일이도 잘 안된다는 말.

✸ **앞뒤가 꼭 막혔다.**

융통성이 전혀 없는 사람을 두고 이르는 말.

✸ **앞에는 태산이요 뒤에는 승산이다.**

이렇게 할 수도 없고 저렇게 할 수도 없는 진퇴양난의 위기를 두고 하는 말.

✸ **애동 호박에 말뚝 치기다.**

심사가 사나와 괜히 심술만 부린다는 말.

✸ **야하게 화장하면 음탕한 짓을 하게 된다.**

음탕한 여자가 대개 야하게 화장을 한다는 데서 비롯된 말.

✸ **약방의 감초다.**

무슨 일에나 늘 끼어들어 참견을 하는 사람을 두고 이르는 말.

✸ **양대가리를 걸어 놓고 개고기를 판다.**

겉으로는 그럴 듯하나 속은 음흉한 딴 생각이 가득 차 있다는 말.

✸ **양반은 물에 빠져도 개 헤엄은 안한다.**

목숨이 위태로울 정도로 위급한 상황에 처하여도 양반은 체면 깎이는 행동을 하지 않는다는 뜻.

✽ 양지가 음지 되고 음지가 양지 된다.
　세상은 돌고 도는 것이므로 잘사는 사람도 때로는 몰락할
　때가 있고 못살던 사람도 흥할 때가 있다는 말.

✽ 양지가 있으면 음지도 있다.
　세상 모든 것에는 양면이 있듯이 잘사는 사람이 있으면 못
　사는 사람도 당연히 있게 마련이라는 뜻.

✽ 얕은 내도 깊게 건너라.
　아무리 쉬운 일이라 하더라도 신중하게 처리해야 한다는
　말.

✽ 어느 장단에 춤추랴.
　여기 저기서 참견하는 사람이 많아 어느 사람의 말을 들어
　야 할지 도무지 모를 때를 두고 하는 말.

✽ 어른 말에 그른 말 없고 아이 말에 거짓말 없다.
　어른들의 말씀은 오랜 경험에서 나온 말이므로 대부분 옳
　고 아이들은 단순하고 순진하므로 거짓말을 잘 하지 않는
　다는 말.

✽ 어리석은 놈도 잠자코 있으면 똑똑해 보인다.
　모르면 차라리 입을 다물고 있는 것이 더 현명하다는 말.

✽ 어리석은 사람은 그가 보는 것만 믿는다.
　못난 사람은 속이 좁아서 자기가 본 것 이외에는 절대로 믿
　지 않는다는 말.

✽ 어린 아이 말도 귀담아 들으랬다.
　아이들의 말 중에도 옳은 말이 있으므로 항상 귀담아 들어
　야 한다는 말.

✽ 어린 아이 우물가에 둔 것 같다.
　철모르는 어린 아이를 우물가에 두고 온 것처럼 불안하여
　마음이 영 놓이지가 않는다는 말.

✽ **어물전 망신은 꼴뚜기가 시키고 실과 망신은 모과가 시킨다.**

　나쁜 사람은 저 혼자만 망신을 당하는 것이 아니라 주위 사람들까지도 모두 망신을 시킨다는 말.

✽ **어사보다 가어사가 더 무섭다.**

　실제로 권세를 지닌 사람보다 그 사람 주위에 있는 사람들이 더 권세를 부려 떠벌인다는 말.

✽ **어정 칠월이요 동동 팔월이다.**

　농사를 짓는 농촌에서는 칠월은 매우 한가하여 어정거리며 시간을 보내고 팔월은 추수하느라 일손이 바빠 발을 동동 구르며 지낸다는 말.

✽ **어지간하면 그만두랬다.**

　어씨와 지씨 성을 가진 사람은 근본이 같다고 하는 데서 나온 말로 그다지 큰일이 아니면 그쯤 하고 그만두는 것이 상책이라는 말.

✽ **억지도 쓸 데는 써야 한다.**

　사람을 억지는 부려서는 안되지만 억지를 부릴 만한 일에는 부려야 한다는 말.

✽ **억지 춘향이다.**

　내키지도 않는 일을 하는 것을 두고 하는 말.

✽ **얻어들은 풍월이다.**

　체계적으로 공부해서 얻은 지식이 아니라 여기저기서 대강 들어서 얻은 지식이라는 말.

✽ **얼굴에 철판을 깔았다.**

　하는 짓이 매우 뻔뻔스러운 사람을 일컬어 하는 말.

✽ **얼기설기 수양딸 맏며느리 삼는다.**

　어떤 일을 남이 눈치챌 틈도 없이 빨리 해버린다는 말.

✲ 얼러 키운 효자 없다.

어려서부터 응석을 다 받아 주며 버릇 없이 키운 자식은 부모를 공경할 줄 모른다는 말.

✲ 얼르고 등골 뺀다.

남이 보는 앞에서는 잘해 주는 척하지만 실제로는 해를 입히는 것을 두고 하는 말.

✲ 업혀가는 돼지 눈 같다.

졸리워서 눈에 촛점이 하나도 없는 사람을 두고 하는 말.

✲ 없는 놈이 잘살게 되면 거지 쪽박을 깬다.

가난했던 사람이 돈을 벌게 되면 부자인 사람보다 더 인색해지기 때문에 어려운 사람을 동정하지 않는다는 말.

✲ 없는 사람은 없는 걱정이 있고 있는 사람은 있는 걱정이 있다.

가난한 사람이나 넉넉한 사람이나 정도의 차이는 있을 지언정 다 나름대로의 걱정거리가 있게 마련이라는 말.

✲ 없다 없다 해도 있는 것은 빚이요 있다 있다 해도 없는 것은 돈이요.

남에게 갚을 빚은 생각하고 있는 것보다 항상 많게 느껴지며, 가지고 있는 돈은 있는 것 같으면서도 사실 적다는 뜻.

✲ 엎어지면 코 닿겠다.

매우 가까운 거리를 두고 이르는 말.

✲ 엎친 데 덮친다.

불행이 연거푸 계속 겹친다는 말.

✲ 여든에 이 앓는 소리를 한다.

알아듣지도 못할 말을 혼자서 중얼거린다는 말.

✲ 여름 소나기는 밭이랑을 두고 다툰다.

여름철의 소나기는 밭이랑을 사이에 두고 한쪽에는 오고

다른 한쪽에는 안올 정도로 차이가 많이 나게 온다는 말.

✻ 여럿이 가는데 섞이면 병든 다리도 끌려 간다.

여러 사람이 어울려 일을 하게 되면 평소에 그 일을 잘하지 못하던 사람이라 하더라도 덩달아 일행과 함께 일을 진행해 나가는데 어려움이 없다는 말.

✻ 여색과 욕심은 죽어야 떨어진다.

남자들은 대부분 여색과 재물을 탐한다는 말.

✻ 여우가 범의 위엄을 빌어 위세를 부린다.

호랑이가 여우를 잡아먹으려 하니 여우가 '나는 천제의 명을 받은 짐승의 우두머리다. 내 뒤를 따라와 보라' 하니 과연 모든 짐승이 도망을 가는지라, 호랑이는 짐승이 자기를 두려워하여 도망감을 알지 못하고 여우를 두려워한다고 생각하여 여우를 놓아 주었다고 하는 우화에서 유래된 말로 남의 권세를 빌어 위세를 부린다는 뜻.

✻ 여우도 봉사는 못 속인다.

세상의 모든 유혹은 보는 것에서부터 비롯된다는 말.

✻ 여우도 죽을 때는 머리를 언덕쪽으로 돌린다.

여우도 죽을 때는 자기가 살던 언덕쪽으로 머리를 향하듯이 누구나 고향을 그리워하는 애틋한 마음은 있게 마련이라는 뜻.

✻ 여우하고는 살아도 곰하고는 못 산다.

둔한 사람하고는 답답해서 못 살아도 간사한 사람하고는 평생 살아갈 수 있다는 말.

✻ 여자가 그릇을 잘 깨면 팔자가 세다.

여자가 조심하지 못하고 경솔하면 집안 일이 잘 안된다는 말.

✻ 여자가 말이 많으면 과부가 된다.

말이 너무 많으면 팔자가 세므로 말을 많이 하지 말라고 경계하는 말.

✽ 여자 나이 사십이면 짐승도 돌아보지 않는다.

여자는 사십 살이 넘으면 여자로서의 매력이 대부분 없어지는다는 말.

✽ 여자는 강짜를 빼면 서 근도 안 된다.

여자들은 대개 남편에게 강짜를 부린다고 하는 데서 나온 말.

✽ 여자는 눈이 잘생겨야 자식 복이 있다.

여자란 눈이 총명해야 자식도 똑똑한 자식을 낳게 된다는 뜻.

✽ 여자는 밥상 들고 문지방 넘어오면서도 열두번 변한다.

여자의 마음은 항상 변덕이 심하다는 말.

✽ 여자는 젊어 보인다고 해야 좋아한다.

여자가 젊어 보인다는 것은 그만큼 예쁘다는 증거이므로 어리게 보인다고 하는 것을 좋아하며, 남자가 늙어 보인다는 것은 그만큼 사회적 경륜이 쌓였다는 증거이므로 나이 들어 보인다는 말을 매우 좋아한다는 말.

✽ 여자는 코가 잘 생겨야 남편 복이 있다.

여자는 코가 예쁘게 생겨야 남편 복이 많다는 말.

✽ 여자 셋만 모이면 놋양푼도 남아나지 않는다.

여자들은 수다스럽기 때문에 여러 명이 모이면 집안이 몹시 시끄럽다는 말.

✽ 여자 악담에는 무쇠도 녹는다.

여자의 악담은 무쇠도 녹일 정도로 무서운 것이므로 여자들에게 악담 들을 짓은 애당초 하지 말아야 살아가는데 이롭다는 말.

✽ 여자 안 낀 살인 없다.
　큰 사건의 배후에는 대개 여자가 개입되어 있다는 말.

✽ 여자와 가재는 가는 방향을 모른다.
　여자의 마음은 몹시 변덕스러우므로 언제 어떻게 변할지
　도무지 종잡을 수가 없다는 말.

✽ 여자와 집은 임자 만날 탓이다.
　여자란 남편으로 어떤 사람을 만나느냐에 따라 그 여자의
　일생이 달렸다는 말.

✽ 여자 팔자는 시집을 가봐야 한다.
　여자의 팔자는 자기 남편에 의해 좌우되므로 시집을 가봐
　야 제대로 알 수 있다는 말.

✽ 연분만 있으면 언청이도 고와 보인다.
　서로 연분만 닿으면 아무리 못생긴 사람과도 행복하게 삶
　을 영위할 있다는 말.

✽ 열 길 물 속은 알아도 한 길 사람 속은 모른다.
　사람의 마음속은 들여다 볼 수 있는 것이 아니므로 도무지
　종잡을 수가 없다는 말.

✽ 열 놈이 백 말을 해도 듣는 이의 짐작에 달렸다.
　남들이 어떤 말을 하더라도 듣는 사람이 어떻게 생각하느
　냐에 따라 그 내용이 많이 달라진다는 말.

✽ 열 놈이 지켜도 도둑 한 놈 못 지킨다.
　못된 짓을 하는 사람은 아무리 주위에서 많은 사람들이 감
　시를 해도 세상 사람들의 눈을 교묘하게 속여 가면서 일
　을 잘 저지른다는 말.

✽ 열 두 가지 설움 중에서 배고픈 설움이 으뜸이다.
　세상에는 온갖 설움이 많지만 배고픈 설움을 당할 만한 설
　움은 결코 없다는 말.

✱ 열 두 가지 재주 가진 놈이 저녁거리가 없다.

　너무 많은 재주를 가진 사람은 오히려 한 가지 일도 성공하기 어렵다는 말.

✱ 열 번 찍어 안 넘어가는 나무 없다.

　아무리 뿌리가 깊은 나무라 할지라도 계속해서 찍으면 결국에는 넘어가듯이 무슨 일이든지 노력해서 안되는 일은 없다는 말.

✱ 열 사람의 죄인을 놓치더라도 한 사람의 억울한 죄인을 만들지 말랬다.

　죄인을 잡는 것도 중요하지만 억울한 사람이 희생당하는 일이 없도록 하는 것이 더욱 중요하다는 말.

✱ 열 손가락 물어서 안 아프다는 손가락 없다.

　부모는 잘난 자식이나 못난 자식이나 할 것 없이 다 사랑스럽다는 말.

✱ 열 숟가락 모으면 사발 가득한 밥이 된다.

　여러 사람이 조금씩 힘을 모아 돌보아 주면, 한 사람의 어려움은 손쉽게 구원할 수 있다는 말.

✱ 열 식구 벌지 말고 한 입을 덜랬다.

　잘 살려면 돈을 버는 것도 중요하지만 돈을 아껴 쓰는 것이 더욱 중요하다는 말.

✱ 열 자식이 한 부모 못 모신다.

　자식이 많으면 서로들 부모 모시기를 다른 형제들에게 미루기 때문에 부모는 더 의지할 데가 없다는 말.

✱ 염불에는 마음이 없고 젯밥에만 마음이 있다.

　정작 해야 할 일에는 관심이 전혀 없고 엉뚱한 곳에만 신경을 쓰고 있다는 말.

✱ 예쁜 세 살 미운 일곱 살이다.

아이들은 세 살쯤 되면 재롱이 늘기 때문에 매우 예쁘지만 일곱 살쯤 되면 말썽만 피워 밉다는 말.

✱ 예쁜 아내의 남편은 거의가 못생긴 사내들이다.

못생긴 남자들은 상대적으로 예쁜 여자를 좋아하므로 예쁜 여자와 결혼하게 된다는 말.

✱ 예순이면 한 해가 다르고 일흔이면 한 달이 다르고 여든 이면 하루가 다르다.

사람은 예순 살이 넘으면 근력이 눈에 띄게 약해지기 시작 한다는 말.

✱ 예의도 지나치면 무례가 된다.

예의도 절도 있게 지켜야지 지나치게 지키면 오히려 예의 에 어긋나게 된다는 말.

✱ 옛날은 옛날이고 지금은 지금이다.

옛날과 지금은 사정이 다르므로 비교할 수 없다는 말.

✱ 오뉴월 감기도 남 주기는 싫다.

자기에게 불필요한 것이라 할지라도 사람의 마음은 남 주 기를 아깝게 여긴다는 말.

✱ 오뉴월 더위에는 암소 뿔도 물러 빠진다.

암소 뿔이 더위에 물러 빠질 정도로 오뉴월의 더위는 매우 심하다는 말.

✱ 오는 말이 고와야 가는 말도 곱다.

내가 상대방에게 상냥하게 대하면 상대방 역시 나에게 진 정 상냥하게 대한다는 말.

✱ 오라는 데는 없어도 갈 데는 많다.

거지는 누구 하나 반겨 주는 사람이 없지만 얻어먹기 위해 갈 곳은 많다는 말.

✱ 오래가는 거짓말 없다.

남에게 거짓말을 하면 잠시는 무사할 수 있으나 결국은 탄로가 나고 만다는 말.

✽ 오르지 못할 나무는 쳐다보지도 말랬다.

자신의 능력에 미치지 않는 일은 아예 할 생각도 가지지 말라는 뜻.

✽ 오른손이 하는 일은 왼손도 몰라야 한다.

선한 일을 할 때는 남에게 소문내며 하지 말고 조용히 해야 한다는 뜻.

✽ 오십 보 백 보다.

양(梁)나라 혜왕이 정치에 관해서 맹자에게 물었을 때 맹자는 '전쟁에 패하여 어떤 자는 백 보를, 또 어떤 자는 오십 보를 도망하였다고 할 때, 백 보를 후퇴한 사람이나 오십 보를 후퇴한 사람이나 도망한 것에는 양쪽에 아무런 차이가 없다.'고 대답한 것에서 유래한 말로 조금 낫고 못한 정도의 차이는 있으나 본질적으로는 차이가 없다는 말.

✽ 오이는 씨가 있어도 도둑은 씨가 없다.

아무리 나쁜 짓을 한 사람의 자식이라 하더라도 반드시 나쁜 짓을 하는 것은 아니라는 말.

✽ 오입장이는 죽어도 기생집 울타리 밑에서 죽는다.

사람은 죽을 때까지도 자기의 못된 버릇을 고치기 매우 어렵다는 말.

✽ 오장 육부가 다 썩는다.

근심 걱정이 많아서 속이 다 썩어 문드린다는 말.

✽ 옥도 닦아야 제 빛을 낸다.

아무리 똑똑한 사람이라 할지라도 배우지 않으면 자기의 능력을 맘껏 발휘할 수 없다는 말.

✽ 옥에도 티가 있다.

아무리 훌륭한 사람이라도 한두 가지의 단점은 가지고 있
다는 말.

✽ 올가미 없는 개 장사.

아무런 대책도 없이 일을 벌려놓은 경우를 두고 이르는 말.

✽ 올챙이 적 생각은 못하고 개구리 적 생각만 한다.

갖은 고생을 해서 부자가 된 사람이 과거의 어려웠던 시 절
은 잊고 있는 것을 두고 하는 말.

✽ 옳은 귀신 노릇을 하려면 마음부터 고쳐야 한다.

살아 평생에 착한 일을 해야 죽어서도 복을 받게 된다는 말.

✽ 옴 딱지 떼고 비상 칠한다.

일을 순리대로 하지 않고 급히 서두르다가는 뜻하지 않은
피해를 입게 된다는 말.

✽ 옷감과 여자는 밤에 봐야 곱다.

여자는 밤에 불빛 아래서 보면 실제 얼굴보다 더 아름답게
보인다는 말.

✽ 옷은 나이로 입는다.

나이가 들수록 큰 옷을 입게 된다는 뜻.

✽ 옷은 새옷이 좋고 사람은 옛사람이 좋다.

옷은 새옷일수록 좋고 사람은 오래 사귈수록 믿음직스러워
좋다는 말.

✽ 옷이 날개다.

사람은 옷을 잘 차려 입어야 원래보다 훨씬 더 잘나 보인다
는 말.

✽ 옷 잘 입고 미운 사람 없고 옷 헐벗고 예쁜 사람 없다.

사람은 옷을 어떻게 입느냐에 따라 그 사람의 이미지가 확
달라 보인다는 말.

✽ 와대 밭에 왕대 나고 쑥대 밭에 쑥대 난다.

훌륭한 가문에서 훌륭한 인물이 나고, 천한 가문에서 천한
사람이 난다는 말.

✹ 왕십리 어멈 풀나물 주무르듯 한다.

　무엇을 신중하게 다루지 않고 멋대로 다루는 것을 두고 하
는 말.

✹ 왜가리가 형님이라고 하겠다.

　목소리가 곱지 못한 사람을 두고 이르는 말.

✹ 외기러기 짝 사랑하듯 한다.

　혼자 짝사랑하며 마음을 애태우는 사람을 두고 하는 말.

✹ 외상이면 소도 잡아 먹는다.

　외상이라면 앞뒤도 안가리고 마구 사먹는 사람을 비웃는
말.

✹ 외손뼉은 울지 못하고 외다리는 걷지 못한다.

　혼자서는 일이 제대로 이루어지지 않으므로 서로 협동하며
살아야 한다는 말.

✹ 외아들에 효자 없다.

　외아들은 어려서부터 응석부리는 것을 다 받아들이면서 키
우기 때문에 커 서도 자기만 알고 부모 생각은 하지 않게
된다는 말.

✹ 요사스러운 사람이 덕 있는 사람을 이기지 못한다.

　덕이 있는 사람은 하늘이 돕기 때문에 요사스러운 사람이
당해낼 수가 없다는 말.

✹ 요순 아들이라고 반드시 요순 되는 것 아니다.

　사람은 다 자기기 할 탓이지 부모가 훌륭한 사람이라고 해
서 아들도 더불어 훌륭한 인물이 되는 것이 아니라는 말.

✹ 욕 많이 먹는 사람이 오래 산다.

　몹쓸 짓을 많이 해 뭇사람들로부터 미움을 받는 사람이 오

히려 더 오래오래 산다는 말.

✱ **욕심 많은 놈치고 인색하지 않은 놈 없다.**

　욕심이 많은 사람은 대부분 인정이 없는 구두쇠라는 말.

✱ **욕심은 끝이 없고 불평은 한이 없다.**

　욕심이 많고 불평이 많은 사람은 아무리 넉넉해도 만족하
지 못하므로 지나친 욕심과 불평은 삼가해야 한다는 말.

✱ **욕심은 낼수록 는다.**

　욕심이란 한번 생기기 시작하면 자꾸 생겨서 점점 욕심을
많이 부리게 된다는 말.

✱ **욕심은 눈을 멀게 한다.**

　탐욕스러운 사람은 물질에 눈이 어두워 그 외의 것들에 대
해서는 생각할 여유가 없다는 말.

✱ **욕심은 법도를 깨뜨리고 방종은 예의를 무너뜨린다.**

　지나친 욕심은 법도에 어긋난 것이며 방종은 예의에 어긋
난 것이라는 뜻.

✱ **용모는 마음의 거울이다.**

　그 사람의 용모를 보면 그 사람의 마음도 대충 짐작할 수
있다는 말.

✱ **용 못 된 이무기 심술만 남았다.**

　못된 짓만 일삼는 심사가 아주 고약한 사람을 두고 하는 말.

✱ **용 바위를 회쳐 먹겠다.**

　겁이 없고 뱃심이 두둑한 사람을 두고 이르는 말.

✱ **용 빼는 재주 없다.**

　아무리 애를 써도 해결할 방도가 전혀 없다는 말.

✱ **용이 물을 얻은 격이다.**

　자기가 뜻한 바를 비로소 이루게 되었다는 말.

✱ **우는 과부가 시집가고 웃는 과부가 수절한다.**

상황에 따라 자기 감정을 제대로 추스릴 수 없는 사람은 의지가 약하기 때문에 절개를 지킬 수가 없다는 말.

✲ 우는 놈도 속이 있어 운다.

누구나 무슨 일을 할 때는 다 생각이 있어서 하게 되지 속없는 행동은 없다는 말.

✲ 우는 아이 젖 준다.

남에게 자꾸 부탁하는 사람이 조금이라도 더 덕을 보게 된다는 말.

✲ 우렁도 두렁을 넘는다.

비록 어리석은 사람이라도 한두 가지의 재능은 지니고 있다는 말.

✲ 우물 안 개구리다.

견문이 매우 좁아 세상 물정에 눈이 어두운 사람을 두고 이르는 말.

✲ 우선 먹기는 곶감이 달다.

앞으로는 어떻게 되든지간에 눈앞에 이익되는 일이니까 우선 하고 본다는 뜻.

✲ 우습게 보다가 큰 코 다친다.

상대방을 잘 살피지 않고 만만하게 보다가는 큰 화를 입게 된다는 말.

✲ 우환이 도둑이다.

집에 앓는 사람이 있으면 돈을 도둑맞은 것마냥 없어지게 마련이라는 말.

✲ 웃는 낯에 침 못 뱉는다.

아무리 미운 사람이라 할지라도 자기에게 잘 대해 주는 데는 욕을 할 수 없다는 말.

✲ 웃는 얼굴에 침 뱉기다.

자기에게 좋게 대하는 사람에게 박절하게 대한다는 말.

✳ 웃물이 맑아야 아랫물도 맑다.

상관이 정직하지 못하면 아랫사람도 정직하지 못하다는 말.

✳ 웃사람은 아랫사람을 삼 년 걸려야 알고 아랫사람은 웃사람을 사흘이면 안다.

상관은 자기 부하들의 사정을 진정 이해하기 어렵다는 말.

✳ 웃으며 가져가고 성내며 갚는다.

남의 돈을 빌려 갈 때는 고마운 마음으로 얻어 가지만 나중에 빚 독촉을 받아 갚게 될 때에는 원망스러운 마음으로 갚는다는 말.

✳ 웃으며 등친다.

겉으로 보기에는 착한 체하면서 속으로는 음흉한 마음을 가지고 있다는 말.

✳ 웃음 속에 칼이 있다.

겉으로는 좋은 척 하면서도 속으로는 이를 갈고 있는 모습을 두고 이르는 말.

✳ 원님 갓 망건에도 에누리는 있어야 맛이다.

물건을 살 때는 깎는 맛이 있어야 좋다는 말.

✳ 원님보다 아전이 더 무섭다.

막강한 세력을 지닌 사람보다도 그 밑에서 일하고 있는 사람들이 더 권세를 부린다는 뜻.

✳ 원수는 외나무 다리에서 만난다.

서로 원한을 가진 사람들이 서로 피치못할 곳에서 만나게 된 다는 뜻.

✳ 원수도 한 배에 타면 서로 돕게 된다.

사이가 매우 나쁜 처지라 할지라도 필요한 경우에는 협력하게 된다는 뜻.

✽ 원숭이도 나무에서 떨어질 때가 있다.

그 일에 대한 전문가라 할지라도 한 번쯤은 실수할 때가 있다는 뜻.

✽ 원앙이 녹수를 만난 듯하다.

매우 잘 어울리는 부부를 두고 이르는 말.

✽ 원인이 좋아야 결과도 좋다.

모든 결과는 원인에 따라 결정되는 것이므로 원인이 좋으면 결과도 따라서 좋게 된다는 뜻.

✽ 유리와 처녀는 깨지기 쉽다.

여자는 나쁜 길로 빠져들기 쉬우므로 항상 몸가짐을 바르게 해야 한다는 말.

✽ 유월 농부 팔월 신선이다.

농촌에서는 유월이면 농번기가 되어 농부들이 몹시 고생을 하지만 팔월에는 농한기여서 신선처럼 편하게 된다는 말.

✽ 유정 무정은 정들 탓이다.

정이 있고 없고는 들이기에 달려 있다는 뜻.

✽ 육갑도 모르고 산통 흔든다.

가장 기초적인 것도 모르면서 함부로 나서서 아는 척한다는 뜻.

✽ 육법에 무법 불법을 합해서 팔법을 쓴다.

사회가 법이 제대로 지켜지지 않아 부패할 대로 부패했다는 말.

✽ 육친이 불화하면 집안이 망한다.

집안 사람들이 서로 화목하게 지내지 않으면 뜻대로 되는 일이 없다는 뜻.

✽ 윤동짓달 초하룻날 갚겠다.

윤동짓달은 없는 달이므로 빚을 갚겠다는 말은 헛말이라는

뜻.

✽ 윤섣달에는 앉은 방석도 안돌려 놓는다.

윤섣달에는 어떠한 일(행사)도 하지 않는다는 풍속에서 생겨난 속담이다.

✽ 은에서 은 못 고르고 총각 속에서 총각 못 고른다.

많이 쌓인 곳에서는 오히려 마음에 드는 것을 고르기가 힘들다는 말.

✽ 은행나무도 마주 서야 연다.

은행나무는 각각 암수의 구별이 있으므로 서로 마주 보아야만 열매가 열린다. 마찬가지로 사람도 서로 가깝게 마주 볼 때 더욱 인연이 깊어진다는 말.

✽ 음식 싫은 건 개나 주지만 사람 싫은 건 죽어야 안 본다.

배우자를 잘못 선택하면 평생 고생을 하게 된다는 말.

✽ 음식은 갈수록 줄고 말은 갈수록 보태진다.

음식은 옮겨질 때마다 사람들이 먹기 때문에 줄지만 말은 입에서 입으로 옮겨질 때마다 한 마디씩 보태게 되므로 항상 말 조심해야 한다는 말.

✽ 의만 좋으면 삼 모녀가 도토리 한 알만 먹어도 산다.

집안 사람들끼리 서로 화목하기만 하면 어떠한 시련도 능히 견뎌낼 수 있다는 말.

✽ 의붓아비 떡치는 데는 가도 친아비 도끼질하는 데는 가지 말랬다.

자기에게 해로운 장소에는 절대로 근접하지 말라는 뜻.

✽ 의붓어미가 티를 내는 것이 아니라 의붓자식이 티를 낸다.

서모가 전처 소생을 구박하는 것이 아니라 오히려 전처 소생이 서모를 구박한다는 말.

✽ 의붓자식 다루듯 한다.

　　미운 의붓자식을 다루듯이 사람을 멋대로 다룬다는 말.

✱ 의붓자식 소 팔러 보내느니 대신 가는 것이 낫다.

　　자기에게 손해를 입힐 만한 사람에게 일을 시키면 반드시
　　손해를 입게 되므로 그럴 때는 자신이 직접 하는 것이 낫다
　　는 말.

✱ 의심나는 사람은 쓰지 말고 쓰는 사람은 의심하지 말라.

　　믿음직스럽지가 못한 사람은 고용하지 말아야 하며 일단
　　고용한 사람은 믿고 의심하지 말아야 한다는 뜻.

✱ 의원이 제 병 못 고치고 무당이 제 굿 못한다.

　　의사가 남의 병은 다 고쳐줘도 자기 병은 못 고치고 무당이
　　남의 굿은 잘해 줘도 제 굿은 못하듯이 자기에 관한 일을
　　자기가 하기는 어렵다는 말.

✱ 의주 파발도 똥 눌 때가 있다.

　　매우 바쁜 중에도 조금의 여유는 있다는 말.

✱ 이가 없으면 잇몸으로 산다.;

　　사람은 변화하는 상황에 따라 대처하며 살아가게 마련이라
　　는 뜻.

✱ 이고 지고 가도 제 복 없으면 못 산다.

　　결혼할 때 아무리 혼수를 많이 싣고 가더라도 복이 없으면
　　못산다는 뜻.

✱ 이꼴 저꼴 안 보려면 눈 머는 것이 상책이다.

　　이 세상에는 눈 뜨고는 차마 볼 수 없는 더러운 일이 의외
　　로 많다는 뜻.

✱ 이도 나기 전에 갈비 뜯는다.

　　제 분수는 모르고 주제넘은 행동을 한다는 뜻.

✱ 이 방 저 방 해도 서방이 제일이요 이 집 저 집 해도 계집
　　이 제일이다.

여자에게 있어서는 남편이 제일 좋고 남자에게 있어서는 자기 아내가 세상에서 가장 좋다는 말.

✽ 이복 자식 둔 년 주머니 둘 찬다.

전처 자식을 가진 남자가 재혼을 하면 후처가 남편 몰래 돈을 빼돌린다는 말.

✽ 이십 전 과부는 수절해도 삼십 전 과부는 수절을 못한다.

남자와의 관계를 경험하지 못한 어린 과부는 혼자 살아갈 수 있지만 남자와의 관계를 경험한 나이 든 과부는 혼자 살기가 힘들다는 말.

✽ 이 팽이가 돌면 저 팽이도 돈다.

이 시장의 물건값이 바뀌면 저 시장의 물건값은 따라서 바뀐다는 말.

✽ 이태백이도 술병 날 적이 있다.

아무리 술을 잘 마시는 사람이라도 폭음을 하면 병이 날 때가 반드시 있다는 말.

✽ 이 효자 저 효자 해도 늙은 홀아비 중신하는 자식이 효자다.

나이 든 아버지를 장가들여 보내 주는 자식이 제일 효자라는 말.

✽ 익은 밥 먹고 선소리한다.

말도 안되는 소리를 하는 사람을 보고 하는 말.

✽ 인사에는 선후가 없다.

인사는 웃사람 아랫사람이 없이 먼저 본 사람이 인사를 해야 된다는 말.

✽ 인생은 뿌리 없는 부평초다.

사람은 일평생 부평초처럼 뿌리 없이 떠다니다가 죽게 된다는 말.

ㅈ

✽ 자갈 밭에 앉으면 팔매 치고 싶다.

무슨 일이든 보게 되면 하고 싶은 생각이 들게 마련이란 뜻.

✽ 자기를 용서하는 마음으로 남을 용서하면 남들과의 사귐
이 완전하다.

대인 관계에 있어서 자신의 죄를 용서하는 관대한 마음으
로 남의 죄를 용서하게 되면 원만한 관계가 유지될 수 있다
는 말.

✽ 자기 몸보다 더 귀한 것은 없다.

무엇보다도 자기 몸이 가장 고귀하다는 말.

✽ 자기 집 안방 드나들듯 한다.

자주 드나들기 어려운 곳을 자기 집 안방 드나들듯이 쉽게
드나든다는 말.

✽ 자는 놈 목 베기다.

일 하기가 매우 쉽다는 말.

✽ 자던 중도 떡 다섯 개.

수고한 일도 없이 소득을 얻게 되었을 때 쓰는 말.

✱ 자라 보고 놀란 가슴 솥뚜껑 보고도 놀란다.

한 번 혼이 난 일로 인하여 그와 비슷한 것만 보아도 의심과 두려움을 품는다는 말.

✱ 자랑 끝에 불 붙는다.

제아무리 좋은 일도 너무 자랑을 하게 되면 그 뒤끝에 안좋은 일이 따라붙는다는 말.

✱ 자루 빠진 도끼다.

제구실을 하지 못하게 된 쓸모없는 물건이라는 말.

✱ "자시요" 할 때는 안 먹고 "쳐먹어라"해야 먹는다.

순순히 말로 할 때는 듣지 않고 있다가 욕을 하며 시키니까 겨우 듣는다는 말.

✱ 자식 기르는 것 배우고 시집가는 계집 없다.

어떠한 일을 배우지 않았어도 막상 그 일을 만나면 적응하여 해나갈 수 있게 된다는 말.

✱ 자식 겉 낳지 속은 못 낳는다.

아무리 자기 속으로 낳은 자식일망정 그 마음속까지는 자기 마음대로 할 수 없다는 말.

✱ 자식도 품 안에 들 때 내 자식이다.

자기가 낳은 자식이라도 어릴 때나 제 자식이지 일단 크게 되면 되면 부모 마음대로 할 수 없다는 뜻.

✱ 자식 둔 사람은 입찬 소리를 못 한다.

자식을 기르는 부모는 자기 자식도 언제 어떻게 될지 모르는 일이므로 함부로 남의 자식을 흉보아서는 안 된다는 말.

✱ 자식 많은 사람은 입찬 소리 못한다.

자식을 많이 둔 부모는 그 많은 자식 중에 어떤 사람이 나올지 모르는 일이므로 남의 자식 흉을 함부로 보아서는 안

된다는 말.

✽ **자식 많은 어미 허리 펼 날 없다.**

　자식을 많이 둔 부모는 그 많은 자식들 때문에 한평생 고생
을 하게 된다는 말.

✽ **자식 씨와 감자 씨는 못 속인다.**

　자식은 누가 뭐라 해도 그 부모를 닮게 마련이라는 말.

✽ **자식 웃기기는 어려워도 부모 웃기기는 쉽다.**

　부모가 자식 비위 맞추기는 어려워도 자식이 부모 비위 맞
추기는 쉽다는 말.

✽ **자식은 낳기보다 기르기가 어렵다.**

　자식을 훌륭한 사람으로 키우는 일은 몹시 힘든 일이라는
말.

✽ **자식은 있어도 걱정이요 없어도 걱정이다.**

　부모는 자식이 있어도 키울 것을 생각하면 걱정스럽고 없
으면 없는 대로 노후 대책 때문에 걱정스럽다는 말.

✽ **자식은 제 자식이 더 곱고 계집은 남의 계집이 더 곱다.**

　자식은 제 자식이 더 잘 생겨 보이고 부인은 다른 사람의
부인이 더 예뻐 보이게 마련이라는 말.

✽ **자식은 키우는 재미다.**

　자식은 키워서 덕 볼려고 키운다기 보다는 커가는 재미로
키우게 된다는 말.

✽ **자식 죽는 건 보아도 곡식 타는 건 못 본다.**

　농부들이 농사를 지으면서 쏟는 정성의 깊이는 자식을 사
랑하는 부모의 마음에 뒤질 바가 아니라는 말.

✽ **자식치고 부모 속 안 썩인 자식 없다.**

　누구나 정도의 차이는 있을망정 부모 마음을 썩이게 된다
는 말.

✱ 자신을 아는 사람은 남을 원망하지 않는다.

무슨 일이든지 상대방의 입장을 자신의 입장으로 바꿔 놓고 생각해 보면 다 이해할 수 있어 원망하지 않게 된다는 말.

✱ 작게 먹고 가는 똥 누랬다.

지나치게 욕심을 부리면 그 욕심만큼 화를 당하기 쉬우므로 돈을 많이 벌 생각을 하지 말고 절약하는 생활을 하라는 말.

✱ 잔꾀는 여자가 많고 큰 꾀는 남자가 많다.

섬세한 일은 여자가 잘하고 큰 일은 남자가 잘한다는 말.

✱ 잔소리는 여자한테는 약이고 남자한테는 병이다.

대부분 남자들은 잔소리 듣는 것을 몹시 싫어한다는 말.

✱ 잘 그린다니까 뱀 발까지 그린다.

잘 한다고 칭찬해 주니까 필요없는 일까지 한다는 말.

✱ 잘 나가다 삼천포로 빠진다.

일관성이 없는 사람을 두고 이르는 말.

✱ 잘난 사람이 있어야 못난 사람도 있다.

세상 만사는 상대적인 것이므로 절대적인 것이란 있을 수 없고 서로 비교해 보아야 좋고 나쁨이 가려진다는 말.

✱ 잘 되면 술이 석 잔이요 못 되면 뺨이 세 대다.

중매를 서면 부부 사이가 좋을 경우에는 술을 얻어 마시게 되지만 만일 부부 사이가 원만하지 못하면 오히려 욕을 얻어 먹게 되므로 중매 서는 일은 신중히 해야 한다는 말.

✱ 잘 되면 임금이요 못 되면 역적이다.

반란을 일으켜 성공을 하면 최고의 통치자가 되지만 실패할 경우에는 역적죄로 몰려 죽음을 당하게 된다는 말.

✱ 잘 되면 제 탓이요 못 되면 조상 탓이다.

무슨 일이든지 잘 되면 자기 공이라고 생각하고 잘못 되면 남의 탓으로 돌린다는 말.

✳ 잘 될 나무는 떡잎부터 알아본다.

장차 훌륭한 인물은 어릴 때부터 무언가 다르다는 말.

✳ 잘 뛰는 염소가 울타리에 뿔 걸린다.

무슨 일이든지 그 방면에 능숙한 사람은 자만하게 되므로 오히려 실수도 저지르기 쉽다는 말.

✳ 잘못은 경솔하고 오만한데서 온다.

대부분의 잘못은 경솔하고 오만한데서 비롯되는 것이므로 매사에 신중을 기해 행동하고 겸손해야 탈이 없다는 말.

✳ 잘못을 고치지 않는 것도 잘못이다.

자기에게 잘못이 있는 것을 알면서도 고치지 않는 것은 더 큰 잘못이 되는 것이므로 즉시 고쳐야 한다는 뜻.

✳ 잘살고 못사는 것은 다 팔자 소관이다.

사람이 잘 살고 못 사는 것은 다 제가 타고난 운명이라는 말.

✳ 잘살아도 내 팔자요 못살아도 내 팔자다.

사람이 잘 살고 못 사는 것은 다 팔자 소관이기 때문에 몸부림쳐도 사람의 힘으로는 어쩔 수 없다는 말.

✳ 잘 싸우는 사람은 성을 내지 않는다.

싸움을 할 때 자신의 감정을 억누르지 못하고 먼저 화를 내는 사람은 반드시 상대방에게 지게 된다는 말.

✳ 잘 입어 못난 놈 없고 못 입어 잘난 놈 없다.

사람은 옷을 어떻게 입느냐에 따라 그 사람의 인물이 달라 보인다는 말.

✳ 잘 춘다 잘 춘다 하니까 시아버지 앞에서 속곳 벗고 춘다.

잘한다고 칭찬을 해주니까 세상 모르고 혼자 날뛴다는 말.

✻ 잘해야 본전이다.
아무리 열심히 해도야 본전밖에 안된다는 말.

✻ 잠 원수는 죽어야 갚는다.
잠은 아무리 많이 자도 끝이 없다는 말.

✻ 잠은 잘수록 늘고 울음은 울수록 서러워진다.
잠은 자면 잘수록 더 늘고 울음은 울면 울수록 더 서러워진다는 말.

✻ 잠이 보약보다 낫다.
사람은 적당한 수면을 취해야 건강할 수 있다는 뜻.

✻ 잡았던 범의 꼬리는 놓기도 어렵다.
시작한 것을 중도에서 그만둘 수도 없고 계속해서 밀고 나갈 수도 없는 어려운 상황을 이르러 하는 말.

✻ 장가가는 놈이 불알 떼어 놓고 간다.
일을 하려 가는 사람이 정작 필요한 도구는 빼놓고 간다는 말.

✻ 장가가면 철도 난다.
철이 없던 남자도 장가를 가게 되면 의젓해진다는 말.

✻ 장구 치는 놈 따로 있고 고개 까닥이는 놈 따로 있나?
혼자서도 충분히 할 수 있는 일을 가지고 옆사람을 부추겨서 함께 하자고 꼬드길 때 하는 말.

✻ 장마 끝은 없어도 가뭄 끝은 있다.
장마 뒤에 오는 피해가 가뭄 뒤에 오는 피해보다 훨씬 더 크다는 뜻.

✻ 장모 될 여자는 사윗감 코부터 본다.
딸을 시집보내기 위해 사윗감을 고르는 여자는 딸의 마음에 들 남자를 고르려고 신경을 쓰게 된다는 말.

✻ 장모 없는 집에 장가 가지 말랬다.

편부 슬하에서 자란 여자는 여자로서 갖추어야 할 부덕을
배울 기회가 없기 때문에 좋지 못할 뿐만 아니라 사위를 가
장 아껴 줄 장모가 없는 처가집을 갈 기분이 안 생기게 되
기 때문에 장모 있는 집에 장가를 가야 서로 좋다는 말.

❋ 재는 넘을수록 높고, 내는 건널수록 깊다.
일이나 학문은 앞으로 나아갈수록 점점 더 힘들고 어려워
진다는 말.

❋ 재 들은 중이요 굿 들은 무당이다.
바라던 일이 모두 이루어져 몹시 좋아할 때 쓰는 말.

❋ 재물을 모으면 흩어 쓸 줄을 알아야 한다.
재물을 많이 모은 사람은 그 재물을 바람직하게 잘 쓸 줄
알아야 한다는 말.

❋ 재산은 모으기보다 지키기가 더 어렵다.
돈은 벌기도 힘들지만 번 돈을 잘 지키기가 더 힘들다는 말.

❋ 재산은 사나이의 담을 키우고 옷은 사람의 외모를 돋구어
준다.
남자는 재산이 많으면 많을수록 저절로 담이 커지고 사람
은 옷을 잘 입으면 인물이 훨씬 돋보인다는 말.

❋ 재주가 근면만 못하다.
재주가 남보다 월등한 사람은 자기 재주만 믿고 나태해지
기 쉬우므로 오히려 재주가 없더라도 꾸준히 노력하는 사
람보다 못하다는 말.

❋ 잰놈, 뜬놈만 못하다.
어떠한 일을 함에 있어서 잽싸게 하여 거칠게 끝내는 사람
보다는 느림보처럼 천천히 하는 사람이 오히려 일을 더 완
박하게 처리한다는 말.

❋ 저 건너 빈터에서 잘살던 자랑하면 무슨 소용이 있나?

옛날에 잘 살았던 이야기는 다 쓸모없는 이야기라는 말.

✻ **저녁 굶은 초서다.**

어느 선비가 저녁 양식을 꾸어 달라는 내용의 편지를 초서
로 써서 보냈으나 그 편지를 받은 사람이 글씨를 알아보지
를 못해 저녁 양식을 보내지 않아 저녁을 굶었다고 하는 데
서 비롯된 말로 글씨는 남들이 잘 알아볼 수 있도록 정확하
고 바르게 써야 한다는 말.

✻ **저승에 가도 죄값은 못 면한다.**

자기가 지은 죄에 대한 값은 죽어서도 결코 면할 수 없다는
말.

✻ **저 중 잘 뛴다니까 장삼 벗어 걸머지고 뛴다.**

진심으로 한 칭찬도 아닌데 신이 나서 헛수고를 할 때를 두
고 이르는 말.

✻ **적선한 집 자식은 굶어 죽지 않는다.**

남에게 좋은 일을 많이 한 사람은 그 자손대에 이르기까지
복을 받게 된다는 말.

✻ **전당 잡은 촛대요 꾸어 온 보리쌀 자루다.**

남들과 어울리지 못하고 늘 혼자서 웅크리고 있는 사람을
두고 이르는 말.

✻ **절구 굴리는데 애매한 개구리만 죽는다.**

자기와는 아무런 관련도 없는 일 때문에 억울한 화를 당한
다는 말.

✻ **절약도 있어야 절약한다.**

아껴 쓰는 것도 아주 없으면 할 수 없는 일이므로 있을 때
아껴 써야 한다는 말.

✻ **절에 가면 중 되고 싶고 마을에 가면 속한이 되고 싶다.**

사람의 마음은 간사스러워서 상황에 따라서 늘 생각이 바

꺼진다는 말.

✱ 절이 싫으면 중이 떠나야 한다.

무엇이든 마음에 들지 않으면 마음에 들지 않는 사람이 그
것을 피해야 한다는 말.

✱ 젊어 게으름은 늙어 고생이다.

일을 할 수 있는 젊은 시절에 게으름을 피우고 나태해지면
나이 들어서까지 고생을 면할 수 없다는 말.

✱ 젊어 고생은 사서도 한다.

사람은 젊어서 고생을 해보아야 비로소 인생의 참뜻을 깨
닫게 된다는 뜻.

✱ 젊어서는 사랑으로 살고 늙어서는 정으로 산다.

부부 사이란 젊었을 때는 정열적인 사랑으로 살지만 나이
들어서는 그 동안 쌓인 정으로 살아가게 된다는 말.

✱ 젊은 과부 한숨 쉬듯 한다.

땅이 꺼지도록 깊은 한숨을 내쉬는 것을 두고 이르는 말.

✱ 젊은이 망령은 홍두깨로 고치고 늙은이 망령은 곰국으로
고친다.

나이 어린 사람이 못되게 구는 것은 매로 다스려야 효과가
있지만 나이 든 사람이 노망기가 있는 것은 맛있는 음식으
로 대접해야 효과가 있다는 말.

✱ 점잖은 강아지가 부뚜막에 먼저 오른다.

겉으로는 얌전한 척하는 사람이 실제로는 행동이 더 난잡
하다는 말.

✱ 정 각각 흉 각각.

제아무리 절친한 사람이라 할지라도 정을 느끼는 반면에
흉도 눈에 띈다는 말.

✱ 정떨어지면 임도 떨어진다.

연인 사이에는 정이 떨어지면 자연히 이별하게 된다는 뜻.

✻ 정수리에 부은 물이 발 뒤꿈치에까지 흐른다.

가장 중요한 부분을 해결하면 그 나머지 부분은 자연히 해결된다는 말.

✻ 정성만 있으면 한식 지나서도 세배간다.

하고자 하는 정성만 지극하면 늦게라도 하게 된다는 말.

✻ 정월 작은 해 어빗고 이월 큰 해 없다.

음력 일월은 큰 달이며 이월달은 작은 달이라는 말.

✻ 정을 쏟을수록 붙는다.

모든 일이 애착을 가지고 덤비면 정이 생긴다는 말.

✻ 젖 떨어진 강아지 같다.

어린 아이가 엄마를 몹시 찾는 것을 두고 이르는 말.

✻ 제 것 주고 뺨 맞는다.

남에게 성심껏 잘해 주고도 칭찬은커녕 오히려 피해를 당했을 때를 두고 하는 말.

✻ 제 계집 잃고 이웃 친구 의심한다.

사람이 자기 물건을 잃으면 가까운 사람도 의심하게 된다는 뜻.

✻ 제 낯에 침 뱉기다.

스스로 자신이 망신당할 일을 하는 것을 이르는 말.

✻ 제 똥 구리다는 놈 없다.

사람이란 남의 허물은 잘 알지만 자신의 허물은 잘 깨닫지 못한다는 말.

✻ 제 발등에 불이 떨어져 봐야 뜨거운 줄도 안다.

사람은 자신이 직접 고생을 겪어 봐야 고생하는 사람들의 어려운 심정을 비로서 이해할 수 있게 된다는 말.

✻ 제 배가 부르면 종 배고픈 줄을 모른다.

사람이란 자기가 당하지 않으면 남의 어려운 사정을 이해
하기 매우 어렵다는 말.

✻ 제 버릇 개 못 준다.

한번 몸에 밴 습성을 고치기란 몹시 힘들다는 말.

✻ 제 부모를 섬길 줄 알면 남의 부모도 섬길 줄 안다.

제 부모를 잘 공경하는 사람은 남의 부모도 잘 공경하게 된
다는 뜻.

✻ 제사 덕분에 이밥 먹는다.

무슨 핑계 김에 이득을 취할 때를 두고 이르는 말.

✻ 제수 흥정에 삼 색 실과다.

제사에는 대추·밤·감이 빠져서는 안되듯이 반드시 필요
한 존재라는 말.

✻ 제 얼굴 못나서 거울 깬다.

자기 자신이 저지른 잘못은 생각지도 않고 죄없는 남만 나
무랄 때를 두고 이르는 말.

✻ 제 얼굴엔 분 바르고 남의 얼굴엔 똥 바른다.

잘된 일, 남이 우러러보는 일은 모두 자기가 한 것처럼 내
세우면서, 하찮고 못된 일, 남이 꺼려하고 흉보는 일은 모
두 다른 사람이 한 것처럼 말할 때를 두고 이르는 말.

✻ 제 절 부처는 제가 위하랬다고.

자기의 식솔은 자기가 보살펴야 한다는 말.

✻ 제 짐 안 무겁다는 놈 없다.

누구든지 자기가 겪는 고통이 제일 힘들다고 엄살을 피우
게 마련이라는 말.

✻ 조는 집에 자는 며느리 온다.

가풍이 나쁜 집안에는 역시 성질이 나쁜 며느리가 들어오
게 된다는 말.

✽ 조밥에도 큰 덩이, 작은 덩이가 있다.

제아무리 작고 하찮은 것일지라도 크고 작은 구별은 마땅
히 있게 마련이라는 뜻.

✽ 조약돌을 피하니까 수마석을 만난다.

일은 모름지기 작을 때 마무리를 짓는 것이 수월하다는 뜻.
또는 어려운 일을 만난 후에 더 어려운 일을 만난다는 말.

✽ 조조는 웃다 망한다.

웃는 것도 상황을 봐가면서 웃어야 한다는 말.

✽ 족제비도 낯짝이 있고, 미꾸라지도 백통이 있고, 빈대도
콧등이 있다.

체면 불구, 염치 불구하고 덤벼드는 사람을 두고 이르는 말.

✽ 족한 줄을 아는 사람은 부유하다.

자신의 현재 상황에 만족할 줄 아는 사람이야말로 진정 마
음이 부유한 사람이라는 말.

✽ 좁쌀 한 섬을 두고 흉년 들기를 기다린다.

별볼일 없는 것을 가지고 허세를 부리는 사람을 비웃어 이
르는 말.

✽ 종갓집 망해도 향로와 촛대는 남는다.

명문가 집안은 몰락을 해도 예의와 범절은 지킨다는 말.

✽ 종기는 곪았을 때 짜야 하고 술은 괼 때 걸러야 한다.

무슨 일이든지 적당한 때가 있으므로 그 때를 놓쳐서는 안
된다는 말.

✽ 종로에서 뺨 맞고 한강에 가서 눈흘긴다.

억울한 일을 당한 사람이 그 자리에서는 위세에 눌려 아무
말도 못하고 있다가 엉뚱한 곳에 가서 그 화풀이를 한다는
말.

✽ 종소리가 크고 작은 것은 때릴 탓이다.

무슨 일이든지 하기에 따라 결과가 크게 다르게 나타난다는 뜻.

✻ 종이 종을 부리면 식칼로 형문을 친다.

남에게 억눌려 지내던 사람이 어쩌다가 남을 부릴 수 있는 입장이 되면 오히려 옛날 생각은 잊어버리고 아랫사람을 더욱 심하게 다스린다는 말.

✻ 좋아하면서도 그 나쁜 점은 알아야 하며 미워하면서도 그 좋은 점은 알아야 한다.

아무리 자기가 좋아하는 사람이라도 단점은 알고서 좋아해야 하며 아무리 미워하는 사람이라도 그의 장점은 솔직이 인정해야 한다는 말.

✻ 좋은 꾀는 하늘도 도와 준다.

묘한 꾀는 하늘도 도와 일이 잘 이루어진다는 말.

✻ 좋은 기회란 얻기는 어렵고 놓치기는 쉽다.

좋은 기회를 얻기는 무척 어렵지만 놓치기는 쉬우므로 기회가 왔을 때 잘 이용해야 한다는 말.

✻ 좋은 말도 세 번만 하면 듣기 싫다.

자기가 좋아하던 것도 계속하게 되면 결국은 싫증이 생긴다는 말.

✻ 좋은 씨 심으면 좋은 열매 열린다.

인과응보의 법칙이 이 세상을 지배하고 있다는 말. 즉, 좋은 일을 하면 반드시 좋은 결과를 얻게 된다는 말.

✻ 좋은 약은 입에 쓰다.

몸에 좋은 약이 쓰듯이 충고도 듣기에는 싫다는 뜻으로, 제 아무리 듣기 싫은 충고라 할지라도 항상 겸허히 받아들일 줄 아는 지혜가 필요하다는 말.

✻ 좋은 일에는 남이요 궂은 일에는 일가라.

좋은 일이 생겼을 때에는 찾아 보지도 않던 사람이 어려운
일이 생기면 일가친척을 찾아가 도움을 바란다는 말.

✱ 죄는 미워해도 사람은 미워하지 말랬다.

그가 저지른 죄는 비록 밉지만 사람 자체를 미워해선 안된
다는 말.

✱ 죄진 놈 옆에 있다가 벼락 맞는다.

행실이 못된 친구와 가까이 지내게 되면 덩달아 그 화를 입
게 된다는 말.

✱ 죄짓고는 못 산다.

사람은 잘못을 저지르고 나면 양심 때문에 불안해서 안심
하고 살 수가 없다는 말.

✱ 주린 고양이 쥐 만난 격이다.

배 고프던 차에 먹을 것이 생겨 몹시 좋아하는 사람을 두고
이르는 말.

✱ 주머니가 가벼워지면 마음은 무거워진다.

경제적으로 쪼들리게 되면 근심 걱정이 절로 생긴다는 말.

✱ 주머니 돈이 쌈지 돈이다.

어차피 같은 사람의 소유이므로 특별히 구별할 필요가 없
다는 말.

✱ 주머니 둘을 찼다.

두 가지 마음을 품고 있는 사람을 두고서 하는 말.

✱ 주먹구구에 박 터진다.

일을 계획을 세워 침착하게 하지 않고 대충 짐작으로 처리
하다가는 실패를 하게 된다는 말.

✱ 주먹은 가깝고 법은 멀다.

사람이 화가 치밀게 되면 엄연히 법이 있는데도 법을 따지
기 이전에 폭력을 휘두르게 된다는 말.

❋ 주색에는 선생이 없다.

　　남자들이 술을 마시고 색을 밝히는 것은 특별히 배우지 않
　　아도 저물로 잘하게 된다는 말.

❋ 주어서 싫다는 사람 없다.

　　사람은 누구나가 모두 남으로부터 받는 것을 좋아한다는
　　뜻.

❋ 주인 기다리는 개 먼 산 쳐다보듯 한다.

　　넋이 나간 사람처럼 하염없이 무엇을 응시하고 있는 사람
　　을 두고 이르는 말.

❋ 죽는다 죽는다 하는 사람치고 죽는 사람 못 봤다.

　　말로만 떠버리는 사람이 오히려 실행은 더 못한다는 말.

❋ 죽 쑤어 개 좋은 일만 한다.

　　힘써 일했다는 것이 결국 남 좋은 일만 하고 말았을 때를
　　두고 이르는 말.

❋ 죽은 고양이가 '야옹'하니까 산 고양이는 할 말이 없다.

　　너무나도 사리에 어긋난 말을 해서 듣는 사람이 어처구니
　　없을 때를 이르는 말.

❋ 죽은 사람 소원도 풀어 주는데 산 사람 소원 못 풀어 줄
까?

　　상대방의 간절한 소망은 힘 닿는 데까지는 힘을 써서 풀어
　　주어야 한다는 말.

❋ 죽은 아들치고 못난 아들 없다.

　　사람은 현재 자기가 소유하고 있는 것보다는 과거에 소유
　　했다가 잃어버린 것에 대한 애착을 더 느낀다는 말.

❋ 죽음에는 빈부 귀천이 없다.

　　가난한 사람이나 돈 많은 사람이나 신분이 높은 사람이나
　　천한 사람이나 죽기는 모두 마찬가지라는 말.

✽ 죽자니 청춘이요 살자니 고생이다.
　죽자니 억울하고 살자니 사는 것이 너무 힘들다는 말.
✽ 줄 끊어진 박 첨지.
　오갈 데 없는 불쌍한 사람을 두고 이르는 말.
✽ 중이 고기 맛을 보면 절의 빈대를 안 남긴다.
　어떤 일에 일단 재미를 붙이게 되면 누구나 정신없이 덤벼
　든다는 말.
✽ 중이 얼음을 건너갈 때는 나무아미타불 하다가도 얼음에
　빠지면 하느님 한다.
　사람이란 극한 상황에 처하게 되면 아무 것에나 매달리게
　된다는 말.
✽ 중이 제 머리 못 깎는다.
　일 중에는 자신의 일인데도 자신이 직접 할 수 없는 일이
　있다는 말.
✽ 쥐구멍으로 소 몰려 한다.
　아무리 생각해도 불가능한 일을 시도하는 사람을 두고 이
　르는 말.
✽ 지나친 공손은 예의가 아니다.
　예의를 차리려고 지나치게 남에게 공손한 것은 오히려 실
　례가 된다는 말.
✽ 지렁이도 꿈틀하는 재주는 있다.
　사람은 누구나 한 가지 재주 정도는 가지고 태어난다는 말.
✽ 지혜는 늙은이에게서 힘은 젊은이에게서 빌려야 한다.
　나이 든 사람은 그동안 살면서 겪은 오랜 경험으로 인해 지
　혜가 풍부하고 젊은 사람은 혈기가 왕성해서 힘이 좋다는
　말.
✽ 집구석이 망하려면 십년 묵은 장맛이 변한다.

가세가 기울려면 불길한 징조가 미리 나타나게 된다는 말.

✱ 집도 절도 없다.

살림이 어려워 기거할 만한 장소가 없다는 말.

✱ 집안에 어진 아내가 있으면 남편은 곤란한 일을 만나지
않는다.

아내가 지혜롭게 내조를 잘하면 남편 일도 순조롭게 잘 진
행된다는 말.

✱ 집안을 다스리려면 먼저 자신을 가다듬어야 한다.

집안의 기강을 바로 잡으려면 자신이 먼저 솔선수범하여
남에게 모범을 보여야 한다는 말.

✱ 집에는 호랑이가 하나 있어야 잘 산다.

가정의 기강이 올바르게 잡히기 위해서는 가장이 매우 엄
격해야 한다는 뜻.

✱ 집에서 새는 쪽박 들에서도 샌다.

집에서 말썽을 부리는 사람은 어디를 가나 나쁜 짓 하기는
매한가지라는 말.

✱ 집 태우고 못 줍기.

엄청난 손해를 보고 나서 조그마한 이익이라도 보려고 발
버둥치는 사람을 두고 이르는 말.

✱ 짚신도 짝이 있다.

아무리 못난 사람이라 그에 맞는 배우자는 있게 마련이라
는 뜻.

ㅊ

✻ 차(車) 떼고 포(包) 뗀 장기다.

　가장 중요한 것이 없고 쓸모없는 것만 남았다는 말.

✻ 착한 사람과 원수는 되어도 악한 사람과 벗은 되지 말랬다.

　악한 사람과 가까이 지내게 되면 결국 자기도 모르는 사이에 물들게 되므로 항상 경계해야 된다는 뜻.

✻ 찬물도 위아래가 있다.

　찬물을 마시는 데도 순서가 있듯이 모든 일에는 순서가 있으니 순리대로 해야 한다는 말.

✻ 찰거머리 피 빨아먹듯 한다.

　남에게 딱 달라붙어서 해를 입혀 가며 자기 실속만 차린다는 말.

✻ 참깨 들깨 노는 데 아주까리가 못 놀까?

　다른 사람들도 다 하는데 나라고 못 끼어들 이유가 있느냐는 말.

✽ 참는 것도 한이 있다.

참을 만큼 참아서 이제는 더이상 참고만 있을 수 없음을 두고 하는 말.

✽ 참새가 방앗간을 보고 그냥 지날까?

자기가 평소에 즐기던 것을 보게 되면 그냥 지나칠 수가 없다는 말.

✽ 참새 주둥이는 내일 아침이다.

하루종일 재잘거리는 참새보다 더 수다스러운 사람을 두고 이르는 말.

✽ 참외 장사하다가 송아지 팔아먹는다.

먹는 장사를 하려면 아무리 가까운 사람을 보아도 모르는 척해야 되지 그렇지 않고 가까운 사람이 왔다고 해서 먹어보라고 선심을 쓰다가는 결국 본전도 못찾게 된다는 말.

✽ 참외 장수는 사촌이 지나가도 못 본 척한다.

먹는 장사를 하게 되면 결국 사람이 야박하게 된다는 말.

✽ 참을 인 자 셋이면 살인도 면한다.

화가 났을 당시에 감정대로 일을 처리하면 도리어 악화될 일도 속으로 꾹 참고 나서 이성적 판단하에 처리하게 되면 원만한 해결을 볼 수 있다는 말.

✽ 책망은 몰래 하고 칭찬은 알게 하랬다.

책망할 때는 개인적으로 불러서 조용히 처리를 하여야 하며 상대방을 칭찬할 때는 여러 사람들 앞에서 해야 한다는 말.

✽ 처가살이는 오장 육부를 빼놓고 하랬다.

결국 처가살이는 못할 노릇이라는 말.

✽ 처가살이 십 년에 등신 안 되는 놈 없다.

남자가 처가살이를 하게 되면 기를 제대로 펴지 못하므로 결국은 못난 사람이 되고 만다는 말.

✻ 처가집 세배는 보름 쇠고 간다.

처가집 세배는 좀 늦게 가도 그리 큰 허물이 되지 않는다는 뜻.

✻ 처녀가 늙으면 됫박 쪽박이 안 남아 난다.

여자가 늦게까지 시집을 못가고 집안에 있으면 심통이 나서 심술을 부리게 된다는 말.

✻ 처녀가 아이를 배도 할 말이 있다.

남들은 이해할 수 없는 나쁜 일도 당사자 나름대로는 다 그 속사정이 있다는 말.

✻ 처녀 젖가슴 만지듯 한다.

손을 뗄 생각도 않고 계속해서 그 일에 집착하고 있을 때를 두고 하는 말.

✻ 처삼촌 묘에 벌초하듯 한다.

어떤 일을 되는 대로 아무렇게나 하는 것을 두고 하는 말.

✻ 척 하면 삼천 리다.

상대방의 눈치만 보아도 대충 짐작할 수 있을 때 두고하는 말.

✻ 천 길 물 속은 알아도 한 길 사람 속은 모른다.

사람의 마음속은 들여다 볼 수가 없으므로 도무지 알 수가 없다는 말.

✻ 천날 가뭄은 싫지 않아도 하루 장마는 싫다.

농촌에서는 가뭄으로 인한 피해보다는 장마로 인한 피해가 더 크다는 말.

✻ 천 냥 빚도 말 한 마디로 갚는다.

상대방이 듣기 좋게 말을 잘하면 천 냥이나 되는 빚도 갚을 수 있듯이 말을 잘하면 무슨 일이든지 해결할 수 있다는 말.

✽ 천둥 벌거숭이다.

　　아무 일에나 함부로 나서서 설치는 사람을 두고 하는 말.

✽ 천둥이 잦으면 소나기가 내린다.

　　소문이 자주 나면 소문대로 일이 발생한다는 말.

✽ 천 리 길도 멀다 하지 않는다.

　　반가운 사람을 찾아가게 되면 아무리 먼 거리라도 가깝게
　　느껴진다는 말.

✽ 천리마 꼬리에 붙은 쉬파리는 천 리를 간다.

　　권세 있는 사람 옆에 붙어서 출세를 하는 사람을 두고 이르
　　는 말.

✽ 천 입으로 천 금 녹이고 만 입으로 만 금 녹인다.

　　여러 사람이 힘을 합하면 아무리 어려운 일이라도 이룰 수
　　있다는 말.

✽ 천하 일색 양귀비도 못 녹인 사내가 있다.

　　예쁜 여자라고 해서 모든 남자들이 그 여자를 다 좋아하는
　　것은 아니라는 말.

✽ 철나자 노망 든다.

　　겨우 철이 들어 사람 구실을 하려나 했더니 늙는 것처럼 인
　　생은 긴 듯하면서도 매우 짧다는 뜻.

✽ 첩은 돈 떨어지는 날이 가는 날이다.

　　첩은 대부분 돈을 보고 같이 사는 것이므로 남자에게 돈이
　　떨어지게 되면 자연히 멀어지게 된다는 말.

✽ 첩은 큰마누라 정 빼먹는 재미로 산다.

　　남의 첩으로 들어가면 남편의 정을 본처에게서 빼앗아 송
　　두리째 차지하려고 한다는 말.

✽ 첩의 살림은 밑 빠진 독에 물 길어 붓기다.

　　첩은 집안 살림에는 관심이 없기 대문에 돈을 물쓰듯이 쓴

다는 말.

✽ 첩 정은 삼 년이요 본처 정은 백 년이다.

　일시적으로 첩에게 눈이 어두워진 사람이라도 나이가 들면
　본처를 찾아 오게 된다는 말.

✽ 첫날 밤 눈이 오면 잘 살고 동짓날 눈이 오면 풍년이 든
다.

　결혼한 첫날 밤에 눈이 오면 좋은 징조이고 동짓날 눈이 오
　면 그 해에는 풍년이 든다는 말.

✽ 첫딸은 세간 밑천이다.

　옛날에는 남존여비 사상이 짙었으므로 딸을 낳은 산모를
　위로하기 위해서 하는 말.

✽ 첫모 방정에 새 까먹는다.

　처음부터 일이 너무 순조로우면 나중 일이 안좋다는 말.

✽ 첫봄에 흰나비를 보면 상복 입는다.

　흰나비 색깔이 상복색과 같은 데서 유래된 말.

✽ 첫부자 늦가난보다는 첫가난 늦부자가 낫다.

　초년에 부자로 살다가 말년에 가서 가난하게 사는 것보다
　는 초년에 고생하다가 말년에 잘 살게 되는 것이 훨씬 좋다
　는 말.

✽ 청대콩이 여물어야 여물었나 한다.

　어떠한 일이든지 다 되어야 되었나 보다고 할 수 있다는 뜻.

✽ 청산에 매 띄워 놓기.

　한 번 자기 손에서 떠나면 다시 찾기가 매우 힘들다는 말.

✽ 청승은 늘어가고 팔자는 오그라진다.

　나이가 들면 신세가 더욱 고달프게 된다는 말.

✽ 청한 손님은 만날 때가 반갑고 청하지 않은 손님은 갈 때
가 반갑다.

반가운 사람을 만나면 기분이 좋지만 반갑지 않은 사람을
보면 빨리 헤어지기를 바란다는 말.

✽ 체수 보고 옷 짓고 꼴 보고 이름 짓는다.
그 사람 됨됨이에 따라 일을 처리한다는 말.

✽ 체신 작고 안 까부는 사람 없고 체신 크고 안 싱거운 사
람 없다.
몸집이 작은 사람은 대개 경망스럽고 키가 큰 사람은 대개
싱겁다는 말.

✽ 체 장수 말 죽기 기다리듯 한다.
체 장수는 체의 재료가 되는 말총을 얻기 위해 말이 죽기만
을 기다리듯이 남이야 어찌 되었든간에 자신의 이익만 차
리려 하는 사람을 두고 이르는 말.

✽ 초라니 열은 보아도 능구렁이 하나는 못 본다.
비록 성격이 얕아서 경박한 사람은 보아줄 수 있지만 속 마
음이 음흉한 사람은 차마 보아줄 수 없다는 말.

✽ 초상 빚도 떼어먹을 놈이다.
부모초상 때 얻어 쓴 빚도 갚지 않는 못된 사람을 두고 이
르는 말.

✽ 초상 빚은 삼 대를 두고 갚는다.
부모 장례식 비용 때문에 얻어 쓴 빚은 오랜 시일이 지나더
라도 꼭 갚아야 마땅하다는 말.

✽ 촉새가 황새를 따라가면 가랑이가 찢어진다.
자기의 능력은 생각하지 않고 분수에 맞지 않는 행동을 하
게 되면 오히려 큰 화를 입게 된다는 말.

✽ 충신을 구하려면 반드시 효자 문중에서 골라야 한다.
부모를 극진히 잘 봉양하는 사람이야말로 나라에도 충성을
다할 수 있기 때문에 충신은 효자 문중에서 골라야 한다는

말.

✽ 치고 보니 삼촌이라.

　　매우 엉뚱한 실례를 범하게 되었다는 뜻.

✽ 친구 따라 강남 간다.

　　자기의 주관이 없이 남이 하는 대로 따라서 한다는 말.

✽ 칠월 더부살이가 주인 마누라 속곳 걱정한다.

　　자기 자신은 더 형편없는 처지에 놓여 있으면서도 오히려
　　관련도 없는 남 걱정만 하고 있다는 말.

✽ 침도 바람 보고 뱉으랬다.

　　아무리 사소한 일이라도 상황을 살펴 본 후에 처리해야 한
　　다는 말.

✽ 침 뱉고 밑 씻겠다.

　　너무 당황한 나머지 일의 앞뒤도 가리지 않고 덤벙거린다
　　는 말.

ㅋ

✲ 칼날 잡은 놈이 자루 잡은 놈 당할까?

약자는 강자를 결코 당해낼 수가 없다는 말.

✲ 칼 든 놈은 칼로 망한다.

폭력을 휘두르는 사람은 언젠가는 그 폭력으로 인해 화를 당하게 된다는 말.

✲ 칼로 입은 상처는 나아도 입으로 입은 상처는 낫기 어렵다.

칼로 입은 상처는 시간이 지나면 아물지만 말로 받은 상처는 평생 지워지지 않는 것이므로 사람은 언제나 말을 조심해야 한다는 말.

✲ 커도 한 그릇, 작아도 한 그릇.

수고한 사람이나 수고하지 않은 사람이나 그 몫이 똑같이 돌아갈 때를 두고 하는 말.

✲ 코가 석 자나 빠졌다.

매우 위급한 상황에 처해 있을 때 쓰는 말.

✱ 코를 꿰었다.

상대방에게 헛점을 잡혀 시키는 대로 따라야 할 입장에 처해 있다는 말.

✱ 코에 걸면 코걸이 귀에 걸면 귀걸이다.

이렇게도 될 수 있고 저렇게도 될 수 있다는 뜻.

✱ 코 잘 생긴 거지는 있어도 귀 잘 생긴 거지는 없다.

귀가 잘 생긴 사람은 대개 재물복이 있다는 뜻.

✱ 콩 본 당나귀마냥 흥흥댄다.

자기가 좋아하는 것을 보고 매우 좋아하는 것을 두고 이르는 말.

✱ 콩 심은 데 콩 나고 팥 심은 데 팥 난다.

모든 결과는 원인에 따라서 그 향방이 결정된다는 말.

✱ 콩으로 메주를 쑨다 해도 믿지 못한다.

평소에 신용을 잃어서 어떤 말을 해도 믿을 수가 없다는 뜻.

✱ 콩을 팥이라고 해도 곧이듣는다.

남의 말을 아무런 가치 판단도 없이 맹목적으로 믿는다는 뜻.

✱ 콩죽은 내가 먹고 배는 남이 앓는다.

잘못은 자기가 저지르고서 벌은 다른 사람이 받는다는 뜻.

✱ 콩 한 쪽도 나누어 먹는다.

의리가 있어서 하찮은 것까지도 서로 나누어 먹는다는 뜻.

✱ 크고 작은 것은 대봐야 안다.

정확한 것을 알려면 직접 비교해 보아야지만 알 수 있다는 뜻.

✱ 큰 거짓말은 해도 작은 거짓말은 말랬다.

사소한 일에 거짓말을 자주 하게 되면 사람꼴이 우스워진다는 뜻.

✽ 큰 고기는 작은 냇물에서는 놀지 않는다.

포부가 큰 사람은 좁은 무대에서는 활동하지 않는다는 뜻.

✽ 큰 말이 나가면 작은 말이 큰 말 노릇한다.

사람은 누구나 직책과 권한이 주어지면 다 해낼 수 있다는
말.

✽ 큰 싸움에 여자 안 끼는 싸움 없다.

큰 사건의 배후에는 대개 여자가 연루된 경우가 많다는 말.

✽ 큰 효는 힌펑생 부모를 사모하는 깃이다.

이 세상에서 가장 큰 효는 끝까지 부모를 사랑하며 공경하
는 것이라는 뜻.

✽ 키 작고 안 까불면 재주 있다.

몸집이 작은 사람은 경망스럽거나 재주가 있거나 둘 중의
하나라는 말.

✽ 타향 친구는 십 년이요 노름 친구는 삼십 년이다.

객지에서 만난 친구는 나이가 십 년이나 많아도 친구로 삼을 수 있고 노름판에서 만난 사람은 나이 차이가 아주 많아도 친구로 삼을 수 있다는 말.

✽ 탐관의 밑은 안방 같고, 염관의 밑은 송곳 같다.

부정·부패된 관리는 뇌물을 너무 많이 받아 살이 찌고, 청렴한 관리는 너무 청빈하여 몹시 가난하다는 말.

✽ 태산을 넘으면 평지를 본다.

어려운 일을 해결하면 평안한 길이 보인다는 말.

✽ 태와 아이를 바꿔 키웠다.

어리석고 우둔하며 바보스러운 사람을 두고 하는 말.

✽ 탱자나무 울타리는 귀신도 못 들어온다.

울타리를 탱자나무로 만들면 도둑의 침입도 막을 수 있다는 말.

✽ 털도 안 뜯고 먹으려고 한다.

성미가 매우 급한 사람을 두고 이르는 말.

✽ **털어서 먼지 안 나는 사람 없다.**

아무리 착한 사람이라도 자세히 살피면 한두 가지 흠은 반
드시 있게 마련이라는 말.

✽ **토끼가 제 방귀에 놀란다.**

자기가 한 일에 깜짝 놀라는 사람을 두고 이르는 말.

✽ **토끼를 잡고 나면 사냥개도 잡아먹는다.**

자기에게 필요할 때는 소중히 여기다가도 필요하지 않게
되면 천대하고 없애 버린다는 말.

✽ **토끼의 뿔 거북의 털이다.**

터무니가 없는 말이어서 도무지 믿을 수가 없을 때를 두고
하는 말.

✽ **토끼 잠자듯 한다.**

잠을 계속해서 자지 않고 자다가 말다가 하는 사람

✽ **통박만 잰다.**

일은 잘 하지 않고 속으로 계산만 열심히 하고 있는 사람을
가르키는 말.

✽ **통째로 먹는 놈은 맛도 모른다.**

음식을 천천히 먹지 않고 통째로 삼키면 무슨 맛인지 알 수
없듯이 일도 신중하게 하지 않고 함부로 덤비면 의미도 제
대로 모르게 된다는 말.

✽ **티끌 모아 태산 된다.**

작은 것이라도 계속해서 모으면 큰 것이 될 수 있다는 말.

ㅍ

✱ 파리도 여윈 말에 더 덤빈다.

　모리배들은 부정·부패한 곳에 더 모여든다는 말.

✱ 파리 앞발 비비듯 한다.

　손을 싹싹 비비며 통사정한다는 말.

✱ 파방에 수수엿 장수.

　일이 모두 끝난 마당이라 더 이상 볼 것이 없다는 뜻.

✱ 팔이 들이굽지 내굽지는 않는다.

　사람은 누구나 자기와 친분관계가 있는 사람 편을 들게 마
　련이라는 말.

✱ 팔자가 사나우면 시아비가 삼간 마루로 하나다.

　팔자가 사나운 여자는 여러 남자를 섬기게 된다는 뜻.

✱ 팔자가 좋으면 동이 장수 맏며느리 됐으랴?

　자기 팔자가 좋았으면 이 고생을 하겠느냐는 말.

✱ 팔자는 못 속인다.

　타고난 팔자는 사람 힘으로는 어쩔 수 없다는 말.

✻ 평안 감사도 저 싫으면 그만이다.
　　아무리 높은 직책이라도 자기가 싫다고 하면 달리 어쩔 수
　　없다는 말.

✻ 평택이 무너지나 아산이 깨어지나?
　　누군가와 한 판 싸움을 걸어서 끝까지 승부를 내어보자고
　　덤비면서 하는 말.

✻ 푸닥거리했다고 마음 놓을까?
　　어떤 일이든지 직접 나서서 해야 생각대로 이룰 수 있는 것
　　이지 마음 속으로만 바라고 있는다고 해서 해결되는 것은
　　아니라는 말.

✻ 푼돈에 살인 난다.
　　하찮은 이익 다툼으로 인해 큰 싸움이 벌어진다는 말.

✻ 풀 베기 싫은 놈이 풀단만 센다.
　　게으른 사람은 일은 하지 않고 속으로 남은 일만 계산하고
　　있다는 말.

✻ 품안에 자식이다.
　　자기가 낳은 자식도 어렸을 때나 부모 말에 순종하지 일단
　　결혼을 하게 되면 부모와 점점 멀어지게 된다는 말.

✻ 풍년 거지가 더 섧다.
　　남들은 다 잘 사는데 혼자만 못 살면 상대적 빈곤감에 더
　　서러워진다는 뜻.

✻ 풍년 곡식은 모자라고 흉년 곡식은 남아 돈다.
　　풍년이 든 해에는 곡식을 헤프게 먹으므로 오히려 모자라
　　게 되고 흉년이 든 해에는 미리부터 조금씩 아껴서 먹게 되
　　므로 오히려 곡식이 남아 돌게 된다는 말.

✻ 풍년이 들어야 인심도 좋아진다.
　　경제적으로 넉넉해야 남에게 인심도 베풀게 된다는 말.

✽ 풍수가 제 부모 묘 명당에 못 쓰고 상장이가 제 자식 관
　상은 못 본다.

　　남의 묘자리는 잘 봐주는 풍수가 제 부모 명당자리는 못 구
　　하고 남의 관상 잘 봐 주는 관상장이가 제 자식 관상은 못
　　보듯이 흔히 자기 일은 자기가 못하는 경우가 많다는 뜻.

✽ 핑계 없는 무덤 없다.

　　어떤 일이든지 하는 사람 나름대로의 이유는 다 있다는 뜻.

ㅎ

✽ 하나는 열을 꾸려도 열은 하나를 못 꾸린다.
  한 사람이 성공하면 여러 사람을 이끌 수가 있지만 여러 사
  람이 성공하면 오히려 한 사람을 이끌어 주기가 힘들다는
  말.

✽ 하나를 보면 열을 안다.
  어떤 사람의 한 가지 행실을 보게 되면 그 외의 다른 행실
  에 대해서도 보지 않았도 대충 짐작으로 알 수가 있다는 말.

✽ 하나만 알고 둘은 모른다.
  견문이 좁은 사람은 전체적인 것에 대해서는 모르고 단순
  한 지엽적인 것에 대해서만 안다는 말.

✽ 하늘 높은 줄만 알고 땅 넓은 줄은 모른다.
  키만 크고 마른 사람을 두고 이르는 말.

✽ 하늘도 알고 땅도 안다.
  아무리 남이 모르게 하는 일이라 할지라도 하늘이 내려다
  보고 땅이 알므로 양심에 어긋난 나쁜 짓을 해서는 안된다

는 말.

✻ 하늘 보고 주먹질하기다.

되지도 않을 행동을 한다는 말.

✻ 하늘은 스스로 돕는 자를 돕는다.

스스로 근면 성실하게 일하는 사람에게는 하늘도 복을 내려 도와준다는 말.

✻ 하늘의 별 따기다.

매우 이루기 힘든 일이라는 뜻.

✻ 하늘이 무너져도 솟아날 구멍은 있다.

어떤 어려움에 처하더라도 정신만 똑바로 차리고 있으면 해결해 나갈 방도가 생긴다는 뜻.

✻ 하루를 자도 만리 장성을 쌓으랬다.

하찮은 인연이라도 소홀함이 없이 교분을 두텁게 하라는 말.

✻ 하룻강아지다.

자신의 능력도 모르고 강자에게 함부로 덤비는 사람을 두고 이르는 말.

✻ 하룻밤을 자도 만리성을 쌓는다.

길지 않은 시간 속에서도 깊은 정을 나눌 수 있다는 말.

✻ 학이 곡곡하고 우니 황새도 곡곡하고 운다.

제 분수에 맞지 않게 남이 하는 대로 따라 하는 사람을 두고 하는 말.

✻ 한강에 돌 던지기다.

아무리 애를 써도 그 보람이 없음을 이르는 말.

✻ 한 귀로 듣고 한 귀로 흘린다.

상대방이 하는 말을 신중하게 듣지 않고 대충 듣는 사람을 두고 이르는 말.

✽ 한날 한시에 난 손가락도 길고 짧다.

　서로 조금도 틀림없이 똑같은 것은 세상에 있을 수 없다는 말.

✽ 한 냥 짜리 굿 하다가 백 냥 짜리 징 깨뜨린다.

　적은 이익을 얻으려고 하다가 오히려 큰 손해를 보게 되었다는 뜻.

✽ 한 달이 크면 한 달이 작다.

　좋은 일이 있은 다음에는 반드시 나쁜 일이 생긴다는 뜻. 모름지기 세상 일은 누구에게나 공평하게 돌아간다는 말.

✽ 한 마리 개가 짖으면 온 동네 개가 다 짖는다.

　한 마리 개가 짖어대면 다른 개들도 영문도 모르면서 따라 짖게 되듯이 한 사람의 언행이 여러 사람들에게 영향을 미치게 된다는 말.

✽ 한 말은 사흘 가고 들은 말은 삼 년 간다.

　말은 한 사람은 무심코 한 말이라도 들은 사람 마음에는 한이 맺혀 오랫동안 잊혀지지 않을 경우가 있으므로 남의 귀에 거슬리는 말을 함부로 해서는 안된다는 말.

✽ 한 번 가도 화냥, 두 번 가도 화냥.

　잘못을 저지르고 나면 그 낙인은 씻을 수가 없다는 말. 한 번 잘못을 저지르나 두 번 잘못을 저지르나 잘못하기는 마찬가지라는 뜻.

✽ 한 번 골 내면 한 번 늙고 한 번 웃으면 한 번 젊어진다.

　웃으면 젊어지므로 늘 즐거운 마음으로 웃으면서 살아가야 한다는 말.

✽ 한 번 엎지른 물은 다시 주워 담지 못한다.

　한 번 해버린 일은 다시 처음으로 되돌리기 어려우니 항상 성의껏 해야 한다는 말.

❋ 한 번 죽지 두 번 죽지 않는다.

어차피 한 번 죽지 두 번 죽는 것은 아니므로 죽을 힘을 다
해 힘 쓰면 이루지 못할 일이란 없다는 뜻.

❋ 한식에 죽으나 청명에 죽으나.

한식날 다음 날이 청명날이다. 하루 차이란 별 차이가 없으
므로 마찬가지라는 뜻.

❋ 한 석봉이 어머니 떡 썰듯 한다.

한 석봉 어머니가 등불을 끈 어두운 곳에서도 떡을 매우 고
르게 잘 썰듯이 솜씨가 매우 뛰어난 것을 두고 하는 말.

❋ 한 섬 뺏아 백 섬 채운다.

재물이 많은 사람일수록 더 탐욕을 낸다는 말.

❋ 한숨을 쉬면 삼십 리 안 걱정이 들어온다.

한숨을 쉬게 되면 걱정거리가 더 늘게 되므로 매사에 즐거
운 마음으로 삶을 영위해야 한다는 말.

❋ 한 어미의 자식도 오롱이 조롱이.

한 어머니의 핏줄로 태어난 자식이라 할지라도 그 생김새
와 마음가짐은 각기 다르다는 말.

❋ 한 집에 늙은이가 둘이면 서로 죽기를 바란다.

한 집안에 권력을 가진 사람이 둘이 있으면 서로 시기하여
질투하므로 되므로 상대방이 빨리 죽기를 고대한다는 말.

❋ 한 치 앞도 모른다.

소견이 너무 좁아서 앞일은 전혀 못 내다보는 것을 두고 하
는 말.

❋ 한 푼 아끼다가 백 냥 잃는다.

적은 돈을 아끼다가 엄청난 손해를 보게 되는 것을 이르는
말.

❋ 할머니 손은 약손이다.

배가 아프다가도 할머니가 정성껏 손으로 배를 만져 주면 금방 낫는다고 하는 데서 나온 말로 따스한 손길을 의미한 다.

❈ 할아버지 뺨은 어린 손자가 때린다.
　손자를 너무 귀엽게만 키우면 오히려 버릇없이 굴게 된다 는 말.

❈ 할퀴려는 짐승은 발톱을 감춘다.
　남을 해치려는 속셈을 마음속에 지니고 있는 사람은 겉으 로는 내색을 하지 않는다는 말.

❈ 함박 시키면 바가지 시키고 바가지 시키면 쪽박 시킨다.
　웃사람이 어떤 일을 아랫사람에게 시키면 그 아랫사람은 또 자기의 아랫사람에게 그 일을 다시 시킨다는 뜻.

❈ 함정에 빠진 호랑이는 토끼도 깔본다.
　세도를 잃은 사람은 이미 두려운 존재가 아니라는 말.

❈ 함흥차사다.
　태종이 그의 아버지 이 태조가 함흥에 있을 때 사신을 여러 사람 보냈으나 간 사람마다 이 태조에 의해 죽음을 당해 돌 아오지 않았다고 하는 데서 나온 말로, 심부름 보낸 사람이 늦도록 돌아오지 않아 초조할 때 쓰는 말이다.

❈ 해가 서쪽에서 뜨겠다.
　생전 안 하던 짓을 하는 사람을 보고 놀라서 하는 말.

❈ 해장거리도 안 된다.
　매우 하기가 수월한 것을 두고 이르는 말.

❈ 행수 행수 하고 짐 지운다.
　옆에서 상대방의 기분을 잘 맞추어 가면서 고된 일을 시키 는 것을 두고 하는 말.

❈ 허벅지만 봐도 뭣 봤다고 한다.

소문은 항상 사실보다 과장되게 퍼져 나가게 마련이라는 말.

✻ 허울좋은 과부가 밤 마을 다닌다.

남들이 보는 앞에서는 얌전한 척하는 사람이 오히려 남이 없는 데서는 못된 짓을 더 많이 하고 다닌다는 말.

✻ 허허 해도 빚이 열 닷 냥이다.

남이 겉으로 보기에는 아무렇지도 않게 보이지만 사실은 마음 속에 근심 걱정이 태산같이 쌓여 있다는 말.

✻ 헌 분지 깨고 새 요강 물어 준다.

작고 하찮은 실수로 인해 큰 손해를 본다는 뜻.

✻ 헌 신짝 버리듯 한다.

마음에 조그마한 거리낌도 없이 아주 과감하게 버린다는 말.

✻ 혀가 부지런하면 손발이 느리다.

말로만 떠드는 사람은 대개 실행을 못한다는 말.

✻ 형만한 아우 없다.

아우가 아무리 똑똑하다고 하더라도 경륜이 쌓인 형보다는 못하기 마련이라는 뜻.

✻ 형은 내놓고 형수는 감춘다.

형은 아우에게 무엇이든 주고 싶어하는 반면에 형수는 무엇이든 아까와하며 주기를 매우 꺼려한다는 말.

✻ 형제는 손발과 같다.

형제는 마치 자기 손발과 같은 관계이므로 서로가 의지하고 도우며 살아야 한다는 말.

✻ 형제 없이 살 수는 있어도 이웃 없이는 못 산다.

어려운 처지에 놓여 있을 때 먼곳의 형제보다는 이웃이 큰 도움이 되므로 이웃간에 서로 정을 베풀며 살아야 한다는 말.

✽ 호랑이도 시장하면 가재를 잡아먹는다.

　좋은 음식만 먹던 부자라도 허기가 지면 결국 아무 음식이
나 먹게 된다는 말.

✽ 호랑이도 죽을 때는 제 집을 찾는다.

　아무리 하찮고 별볼일 없어도 자기가 살던 고향집에 대해
서는 누구나 다 그림움과 애착심을 갖기 마련이라는 뜻.

✽ 호랑이에게 물려갈망정 정신만 잃지 않으면 산다.

　곤경에 처해 있더라도 정신만 똑바로 차리고 일을 해결하
면 반드시 곤경에서 벗어날 수 있게 된다는 말.

✽ 호랑이와 사슴은 같이 놀지 않는다.

　착한 사람과 악한 사람은 서로 어울릴 수 없다는 말.

✽ 호미로 막을 것을 가래로 막는다.

　간단하게 해결할 수 있는 일인데도 불구하고 그대로 방치
해 두는 바람에 수습하기가 몹시 어렵게 되었다는 말.

✽ 호박씨 까서 한입에 다 털어 넣는다.

　힘 들여 차곡차곡 벌어 모은 돈을 한꺼번에 다 날려 버렸다
는 말.

✽ 호박에 말뚝 박기다.

　호박에 말뚝 박기가 쉽듯이 힘 안들이고 쉽게 할 수 있는
일이라는 말.

✽ 호박이 넝쿨째로 굴러떨어졌다.

　생각지도 않은 커다란 만나게 되었다는 뜻.

✽ 호주머니한테 상의해 봐야 안다.

　자기에게 돈이 어느 정도 있는가를 확인해 본 다음에 결정
할 일이라는 말.

✽ 혹 떼러 갔다가 혹을 붙여 온다.

덕을 보려고 갔다가 덕은 커녕 오히려 손해만 보고 왔다는 뜻.

✽ 혼백이 상처했다.

기절한 사람을 두고 이르는 말.

✽ 혼자서 북 치고 장구 친다.

여러 사람이 나누어 해야 할 일을 저 잘난 듯이 혼자서 도 맡아 한다는 말.

✽ 홀아비는 이가 서 말이요 과부는 은이 서 말이다.

여자는 혼자 살면 알뜰하게 살아나가므로 돈을 모을 수 있 지만, 남자가 혼자 사는 집은 집안꼴이 아주 엉망이라는 말.

✽ 홀아비 부자 없고 과부 가난뱅이 없다.

여자는 혼자 살면 돈을 모을 수 있지만 남자는 혼자 살면 돈을 헤프게 쓰기 때문에 돈을 모으기는커녕 가난에 찌들 게 된다는 말.

✽ 홀아비 사정 보다가 과부 아이 밴다.

너무 마음이 약해 남의 사정을 다 들어주다가는 오히려 제 신세를 망치게 된다는 말.

✽ 홍길동이 합천 해인사 털어먹듯 한다.

수고 하지 않고 남의 것을 모조리 털어갈 때 흔히 쓰는 말.

✽ 홍시 먹다가 이 빠진다.

쉬운 일에도 실수할 수가 있으니 매사에 조심조심해야 한 다는 말.

✽ 화 곁에 복이 기대섰고 복 속에 화가 숨어 있다.

행복과 재앙은 서로 가까운 곳에 있는 것이므로 행복한 일 이 겹친다고 해서 너무 방심해서는 안 되며 재앙이 겹친다 고 해서 낙심을 해서도 안 된다는 말.

✽ 화난다고 돌을 차면 제 발부리만 아프다.

화가 난다고 해서 함부로 화풀이를 하게 되면 오히려 자기
만 큰 손해를 보게 된다는 말.

✻ 황새와 조개 싸움에 어부만 이득 본다.

옛날 소대라는 사람이 조나라 혜왕에게 '역수를 건너다 보
니, 조개가 입을 벌리고 있는데 황새가 쪼자 조개가 오므려
놓지 않으므로 어부는 한 번에 둘을 다 잡았다'고 하였다는
고사에서 비롯된 말로 두 사람의 이해관계로 인해 제삼자
가 이득을 보는 것을 두고 하는 말.

✻ 황소 불알 떨어지기만 기다린다.

노력을 하지 않고 앉아서 요행만을 바라는 것을 두고 이르
는 말.

✻ 황해 바다 고기는 동해 바다 물 맑은 줄 모른다.

견문이 너무 좁은 사람은 아는 척해도 아는 것이 매우 적다
는 말.

✻ 횃대 밑에서 호랑이 잡는 놈이 나가서는 쥐구멍을 먼저
찾는다.

언제나 집안에서만 큰소리 치고 밖에 나가서는 꼼짝도 못
하는 사람을 두고 하는 말.

✻ 효는 만선의 근본이다.

부모에게 효도하는 것이야말로 모든 선한 일의 근본이 된
다는 말.

✻ 효는 세 가지로 구분되는데 가장 큰 효도는 부모를 존경
하는 것이며, 다음은 욕되지 않게 하는 것이며, 끝으로는
봉양하는 것이다.

부모에게 효도를 하는 데는 첫째가 부모님을 존경하는 것
이며, 둘째가 부모에게 욕이 돌아가지 않도록 행실을 조심
하는 것이며, 세째가 잘 받들어 모시는 것이라는 말.

✻ 효자 끝에 불효 나고 불효 끝에 효자 난다.

부모가 효자였다고 해서 자식이 반드시 효자가 된다는 보장은 없으며, 부모가 불효한 사람이었다고 해서 그 자식도 반드시 불효한다는 보장은 없다는 말.

✻ 훈장은 바담 풍 하면서 애들더러는 바람 풍 하란다.

혀가 짧아 발음이 안좋은 훈장이 자기는 바담 풍이라고 가르치면서 아이들에게마는 올바르게 발음하지 않는다고 혼을 내듯이, 웃사람이 나쁜 행동을 하면서 아랫사람에게는 착한 행동을 하라고 지시할 때 하는 말.

✻ 흉년에 떡 맛보기다.

밥도 제대로 먹을 수 없는 흉년에 떡을 맛보는 것은 그야말로 어려운 일이듯이 매우 얻기가 어려운 것이라는 뜻.

✻ 흉년에 어미는 굶어 죽고 아이는 배 터져 죽는다.

부모는 자신은 굶는 한이 있더라도 자식들만은 먹여 살린다는 말.

✻ 흉년의 떡도 많이 나면 싸다.

제아무리 귀하고 좋은 물건이라 하더라도 공급되는 물량이 너무 많으면 값은 떨어지기 마련이라는 뜻.

✻ 흐르는 물도 떠주면 공덕이다.

남에게 사소한 도움을 주는 것도 공덕에 해당한다는 말.

✻ 흐르는 물은 썩지 않는다.

한 곳에 머물러 있는 물은 썩지만 계속해서 흐르는 물은 썩지 않듯이 사람도 계속해서 활동을 하게 되면 건강이 나빠지지 않는다는 말.

✻ 흙 속에 묻힌 옥이다.

세상에 드러나지 않은 뛰어난 인물을 두고 이르는 말.

속담풀이

2008년 7월 1일 초판인쇄
2013년 2월 20일 재판발행

엮은이 : 편 집 부

펴낸이 : 유 건 희

펴낸곳 : **삼 성 서 관**

등 록 : 제300-2002-153호

등록날짜 : 1992. 10. 9

주 소 : 서울시 종로구 창신동 457-33 우일B/D 401호

전 화 : 763-1258, 764-1258

정가 6,000원